UG novels

敵前逃亡から始まる国造り

～F級軍師と最強の駒～

苗原一
Hajime Naehara

[イラスト]
うみのみず
Illustration Uminomizu

三交社

敵前逃亡から始まる国造り ～F級軍師と最強の駒～

[目次]

Contents

序章一話　軍師、帝国の行く末を案じる

——これで勝とうというのか。

軍師学校の一生徒アキトは卓上の布陣を目にして、心の中で呟《つぶや》いた。

黒髪の男アキトの視線は、先程から駒が並べられた卓上のみに向けられている。

「右翼と左翼の我らが帝国騎士団が、そのまま下等な南魔王軍両翼を包囲。中央の我が精強なる軍団兵がそれに呼応して前進。敵の殲滅《せんめつ》を図ります！」

アキトの同級生、細身の男セケムは声を大にする。

男性にしては長いセケムの金髪は、貴族特有の巻きがかかった髪型をしている。

セケム・リュシマコス。リュシマコス大公の子息にして、軍師学校で一番の優等生。

軍師協会の格付けでは、軍師学校の生徒が到達できる最高ランク、D級軍師とされている。

その赤い瞳は、どこか落ち着かない様子だった。どうやら、先程からうんうんと頷《うなず》く壮年男性の顔ばかりを気にしているようだ。

白髪交じりの壮年男性が椅子から立ち上がると、卓を囲んでいる生徒達の視線が一斉に向けられた。

壮年男性は、手を叩いて言い放つ。

「……素晴らしい！　セケム君、実に素晴らしい！」

「この上ない名誉なお言葉です、エレンフリート学長！」

セケムはそう答えて、満足そうな顔をする壮年男性エレンフリートに頭を下げた。

ルドルフ・フォン・エレンフリート……軍師学校の学長にして、十年前に終わった第二次南戦役で帝国に勝利をもたらした名軍師と称えられる男だ。

「セケム君、君はしっかりと講義の内容を覚えているようですね。諸君、この戦いは、私が十三年ほど前に勝利を収めたザマルの戦いによく似ています。あの時私が編み出した包囲戦術を、セケム君はしっかりとこの場で選択することができました」

「エレンフリート学長の戦歴の中で、最も輝かしい勝ち戦です。包囲以外にどのような戦術が取れましょうか?!」

セケムはエレンフリートを称えた。

「よく言いました、セケム君！　諸君、何を隠そう、私も最高司令官ディオス大公にセケム君と同じ包囲による攻撃を、先程具申したところです！　皆、セケム君に拍手を」

エレンフリートの言葉に生徒達が、セケムに惜しみのない拍手を送る。

だが生徒達の最前列で、拍手をしない者が一人。

拍手もせず、ただ卓上を眺めるのはアキトであった。

——確かに前の戦役では、帝国軍はほぼ一方的に包囲戦術で勝てた。

しかし、今回はどうだとアキトは不安を覚えていたのだ。

——南魔王軍は、統制のとれていない魔物の集団。十年前はそうだったかもしれない。

だが、あれから十年。今日俺が丘から眺めた南魔王軍は、種族ごとに分かれ隊列を組んでいた。

「おや？　アキト君、何か意見がおありですか？」

満面の笑みを浮かべていたエレンフリートが、口角をわずかに下げ、訊ねた。

「エレンフリート学長。南魔王軍は第二次南戦役の敗戦を反省し、我々のように陣形、戦術を駆使すると思われます」

「魔物ごときに、我々のような高等な戦術を駆使できる訳が無い!!」

アキトの言葉に横槍を入れたのはセケムだ。

「まあまあ、セケム君。F級とはいえ、アキト君も我が栄えある軍師学校の一生徒。話を聞いてみようじゃありませんか」

「忌々しい！　こんな辺境貴族のせがれ、同じ帝国人とは言えませぬ!!」

「こらこら、セケム君。辺境貴族と言えど、帝国語を解するのであれば帝国市民ですよ。落ち着きなさい」

「……申し訳ございません、エレンフリート学長。学長がそう仰るのであれば」

「ありがとう、セケム君。……では、アキト君、君の意見とやらを続けてもらえるかね？」

エレンフリートはそう口にすると、細い目でアキトを睨《にら》んだ。

エレンフリートだけでない。周りの生徒もアキトに軽蔑の眼差しを向ける。

軍師協会の格付けの最底辺、F級軍師。しかも〝駒無し〟の軍師。

しかしアキトは居づらい空気の中でも、帝国のためと意見を述べた。

「では、述べさせていただきます。敵は俊足のケンタウロス族を擁《よう》しております。彼らケンタウロス族は我らの包囲を阻止……いえ、彼らは我らの騎士よりも多数、恐らくは我らを逆に包囲してくると思われます」

「……ほう、それで」

威圧するようなエレンフリートの言葉に、アキトは卓上の駒を動かしながら解説する。

「……そこで両翼へ均等に布陣した騎兵戦力を最低限両翼に残し、大半を中央に集結させることを具申いたします。敵のケンタウロスの出方によって、こちらの騎士団の動きを変えるのです。ケンタウロスに勝利できなくとも、足止めさえすれば、後は数に勝る我らが歩兵で敵を撃滅できます」

アキトの立案に皆ざわつく。策の奇抜さにではない。

エレンフリートの案に、文句をつけたことを驚いているのだ。

エレンフリートは、苦虫を噛み潰したような顔で意見を求める。

「ふむ……諸君、どう思われるかな？」

「荒唐無稽《こうとうむけい》で、愚かな策だと思われます！」

真っ先に答えたのは、セケムだった。

「まず第一に！　我らが精強なる帝国騎士団が半人半獣のケンタウロスに負けるわけがありませぬ！　たとえ倍の数がいたとしても、無敗を誇る帝国騎士団の敵ではありません！」

セケムは語気を強めた。

周りの生徒達からも、「そうだ」という声が上がる。

アキトはそれに怖気づくことなく、返した。

「十年前であればそうだったかもしれません。しかし、彼らケンタウロス族は今では、我らが帝国騎士に劣らない重厚な鎧を身に着けている」

「そのようなものは、所詮は魔物の作る張りぼて！　それにだ、白銀《ミスリル》の鎧は、帝国人の美しさを引き立てるものに過ぎない！　決して、鎧が帝国騎士の強さではないのだ！　皇帝への絶対的な忠誠！　これが我が帝国騎士団が最強たる所以《ゆえん》！　貴様のような外面だけを見て怖気づく臆病者には、到底分かるまいよ！」

どちらが荒唐無稽か。アキトはセケムに反論しようとした。

しかし、エレンフリートが透かさず口を開く。

「諸君、戦は気からと言います。セケム君の言うこと、真に的を射ている。完璧な戦術、最高の戦士達……一見勝利に必要なものはすべて揃っているように見えます。ですが、最も必要なことは勝てるという断固とした自信です！　アキト君のように敵を過剰に恐れていては、勝てる戦も勝てないでしょう！」

精神論が全くの悪だとはアキトも思わなかった。しかし、数多《あまた》の運命を左右する軍師たる者が、そのようなもので策を決めてはいけないと、心の中で反論する。

だが、アキトは生徒で相手は学長。しかもＦ級軍師で、相手は前戦争の英雄でＳ級軍師。

アキトは、エレンフリートにこれ以上言葉を返すことはできなかった。

――しかし、帝国のため最善は尽くさなければいけない。

アキトは騎兵を集中運用しての、敵中央の分断を具申しようとする。

「エレンフリート学長。では、もう一つの策をお聞きください」

そう言ってアキトは、卓上の駒を動かそうとした。その時。

「この愚か者!!　これ以上我が偉大な布陣に手を触れてくれるな！」

エレンフリートは怒鳴って、指揮棒でアキトの手を叩いた。

突然のことにアキトは目を丸くして、エレンフリートの顔を見た。

眉間にしわを寄せ、目をかっと見開いている。

「……さっさとここから出ていきなさい。君にこの神聖な帝国軍師の幕舎にいる資格はない！　さあ、早く出ていきなさい！」

エレンフリートは声を荒げた。周りの生徒達も、普段温厚なエレンフリートが怒ったことに驚きを隠せないようだ。

「エレンフリート学長……申し訳ございませんでした」

アキトは頭を下げ、生徒と教師で溢れた軍師の幕舎《ばくしゃ》を出ていく。

そのアキトに、ひそひそと悪口が浴びせられる。

「駒無しが偉そうに……いい気味だわ」

「あのエレンフリート学長の戦術に文句を付けるなんて。やっぱ辺境の人間は頭がおかしいんだな」

クスクスと笑う声。エレンフリートとセケムは、それを見てニヤリと笑みを浮かべる。

「さあ、諸君！　F級軍師はこんな愚か者だという、悪い見本を見れましたね！　諸君は、ああはなってはいけませんよ！　まあ彼以外、わが校にはF級軍師は存在しないのですがね！　さあ、帝国の栄えある有望な新米軍師諸君、講義を続けましょう！」

エレンフリートは、高らかに言い放った。幕舎が生徒と教師の笑い声で埋め尽くされる。

幕舎の外に出るアキト。そのまま丘の一番高い部分まで登っていった。

――自分の策が最善とは思わない。しかし、慢心は必ず良くない結果を生む。エレンフリート学長達の策も良くない結果を生むに違いない。エレンフリート学長と、帝国軍の慢心。それは敵を侮りすぎていること。

アキトは眼下に広がる南魔王軍の敵陣を見て、そう思った。

アキト達軍師学校の生徒が講義で聞かされていた魔物達は、皆まとまりがなく、粗末な防具を身に着けた姿だ。

——けれど今日の魔物達はその脆弱《ぜいじゃく》な外見と違う。皆、種族ごとに分かれて、綺麗な列を作っているじゃないか。背の低いゴブリンは、投石器や投げ槍を。オークは大盾に、大斧……。人と比べれば粗末かもしれない。だが種族ごとあるいは隊ごとに、装備の統一を図ろうとしている。それぞれの得意分野、身体的特徴を活かすつもりなのだろう。

そんな彼らに戦争を仕掛けたのは、帝国であった。

だが、彼ら南魔王軍は、勝つためにこの十年間努力してきた。

それに比べ、過去の栄光に溺れ、慢心した帝国軍。アキトの不安は、ますます強くなる。

帝国軍の栄光の象徴である機動戦力による包囲、それが確かに優れた戦術であることは、アキトも知っていた。

——しかし、臨機応変に戦術を変えなければ、帝国はいつの間にか周りの国々に後れを取ることになる。学長が軍師として策を献じた勝ち戦のほとんどは、機動戦力による包囲殲滅だ。だがそれは、敵に優秀な機動戦力、いや、機動という概念がなかったことも考慮しなければならない。

決して包囲が駄目と言うわけではない。しかしながら、今の学長は包囲に固執して、作戦の柔軟性を欠いているように見えたのだ。

数でも質でも帝国軍は勝っているという。

しかし、蓋《ふた》を開けてみないと実際のところは分からない。

「……アキトか?」

アキトの後ろから澄んだ声を掛ける男性。

肩まで伸ばした金髪。セケムとは違い巻きがなく、真っすぐとした髪だ。

だが、それよりずっと存在感を感じさせるのは、切れ長の目が与える印象だろうか。

黄金色の瞳は、振り返るアキトに向けられていた。

「……リーンハルトか」

「その言い方はやめろ。リヒトで良い。君がまさかあの堅物、エレンフリートに意見をするとはな」

リーンハルトと呼ばれた長身の美男子は、アキトの隣で歩みを止める。

アキトは再び視線を南魔王軍に戻すと、口を開く。

「……あれも帝国のためだ」

「その守るべき帝国は、更に多くの魔物と戦争をするようだぞ。南魔王軍の領地など、全く旨味がないというのに」

南魔王軍だけではなく、帝国は永らく北魔王軍とも戦争をしていた。

とはいえ、北魔王軍は組織的な攻撃ではなく、帝国国境の襲撃を主に行っていただけだが。

アキトは頷く。

「ああ、何も得られるものがない無駄な戦だ。皇帝陛下もさぞ心を痛めておいでだろう。しかし、元老院で決まったこと。皇帝と言えど、従うしかない」

「その決定権を持った愚かな元老院議員どもは、己の脂ぎった腹を肥やすことしか頭にないようだ。今の帝国の政情を、正に衆愚《しゅうぐ》政治と言うのだろうな」

しかし、このリヒトの言葉には、アキトは頷かなかった。

優れた者が帝国を導くべきといういつものリヒトの持論。

アキトはそれを否定することはできなかった。だが、正しいとも頷かない。

「なあ、リヒト。この戦い、勝てると思うか？」

「俺が師駒《ピース》と騎兵を率いて、敵の急所を突けばあるいは。君が最後にエレンフリートに進言しようとしていた策も、そんなところだろう？」

「……ああ。だがその策を考え出す者は、恐らくあの幕舎にはもういないだろうな。いても、あの空気の中では口も出せないだろう」

「うむ。将軍たちも同様のようだ。俺は、さっきディオス大公の天幕を見てきた。天幕の将軍たちも皆、エレンフリートの包囲ありきの作戦で固まっている。誰も異を唱える者はいなかった」

「そうか……」

アキトは唇を噛みしめるように呟いた。

「だが、アキト。この戦いは保守的な帝国軍、ひいては帝国の政情までも変えることになるかもしれんぞ」

「……一度ボロボロに負けた方が良いということか」

「そうだ」

リヒトは淡々と答えた。

それに対して、アキトの顔はどこか複雑だ。

「何を考えこんでいるのだ、アキトよ」

「リヒト……せめて俺達で帝国軍の被害を少なくしないか？」

リヒトはアキトの提案に少し考えこむ。

「……俺は反対だ」

「どうして？」

「徹底的に敗北したほうが、帝国軍のためになるからだ」

「お前は変わらないな……」

アキトはそう言って、その場から離れていく。

「待て？　どこへ行くつもりだアキト」

「俺は〝駒無し〟だ。殿《しんがり》は出来ない。だが、皆が撤退しやすいように多少でも、退路を確保しておくよ」

「ふん……つくづくお人好しな奴だな」

リヒトはそう言って、足早にアキトの横まで歩いていった。

「行くぞ。君の計画を実行しよう」

「でも、お前、今反対だって」

「君のような器をこんなところで失うのは、俺にとってもこの世界にとっても大きな損失だからな」

「……買いかぶりすぎだ」

アキトは少し恥ずかしそうに、顔を前方に向けた。

するとそこには長い黒髪の女性がいた。

アキトと同じ黒い瞳。切れ長な目はリヒトとそう変わらない。

「なあ、アリティア？　君もそう思うだろう」

リヒトは黒髪の女性に訊ねた。

「え？　いや、私今来たばかりなのだけど」

「ほら、アキト。アリティアも君の策に賛成のようだぞ」

「ちょっとリヒト！　あなた人の話を聞いてるの？」

「アリティア、俺とアキトは帝国軍の退路を確保しに行く。君もその駒で協力したまえ」

そう言ってリヒトは、どんどんと帝国軍の後方に向かって行った。

アリティアは何が何だか分からない様子だ。

「……アキト、何をするつもり？」

「聞いての通り、退路の確保だよ」

「退路の確保？　じゃあ、やっぱ二人とも、帝国が負けるって思ってるの？」

「思いたくないけどな……じゃあな、アリティア」

アキトもそう言い残して、リヒトの後を駆け足で付いていく。

「ちょ、ちょっと。二人とも！」

アリティアもその二人の後を追うのであった。

一人を追う、二人。

三人の幼少時から変わらない、いつもの光景であった。

※

この戦い……アンサルスの戦いはアキトが憂《うれ》いたように、帝国の惨敗であった。格下とみていた南魔王軍に、帝国軍は完膚《かんぷ》なきまでに叩き伏せられたのだ。

アキトとリヒトの読み通り、包囲ありきの戦術は失敗に終わる。

南魔王軍は、左翼を少数のケンタウロスと軽装の槍持ちゴブリンに任せ、右翼にケンタウロスの大半を集結させた。

それを見て、ディオス大公は布陣の変更を考えるが、結局はエレンフリートの言葉もあり、左右に均等に配した騎兵をそのままにしてしまう。

戦闘が始まると、前進した帝国軍右翼の帝国騎士団は、南魔王軍左翼のケンタウロス少数と、ゴブリンに足を止められた。

その隙に南魔王軍右翼は、帝国軍左翼を簡単に打ち破る。

そのままの勢いで、南魔王軍右翼のケンタウロスは、帝国軍中央を半包囲。

南魔王軍中央の歩兵隊がそれに呼応して前進。帝国軍中央の軍団兵は挟み撃ちに。

結果、帝国軍は全滅、潰走する。

この時の南魔王軍は、十年前のようなただ帝国人に屠《ほふ》られる下等生物ではなかった。

装備を統一し、異なる兵科で組み合わせ、無敗の帝国軍を破ったのである。

また、かつて南魔王軍は師駒をただの便利な従僕にしか見ていなかった。しかし、今回は優秀な技能を持つ師駒を部隊長に任命するなどして、戦力の増強を図っていた。

このアンサルスの戦いは、帝国軍と帝国最強の軍師と呼ばれたエレンフリートの常勝無敗の神話を粉砕する。

その一方で南魔王軍の指揮をとっていた吸血鬼、アルフレッド王子の名声を大いに高めることになった。

また帝国側にも少なからず名声を高めた者が……。

「アキト！　味方が撤退してくるぞ！」

そそり立つ断崖絶壁の上で、リヒトが叫んだ。

崖から見下ろす平野には、帝国軍の兵士達が散り散りとなって敗走していた。元来た街道へ逃げる隊、崖が広がる方へ逃げる隊と分散する。

アキト達は、一見袋小路に見えるこの崖の上に陣取っていた。

アキトに賛同した十数名の軍師学校の生徒と、その配下である師駒達も一緒だ。

「今だ！　帝国旗を掲げろ!!!」

アキトが叫ぶと、隣にいた軍師学校の生徒の一人が、帝国旗を掲げる。

帝国の国章でもある赤竜が描かれた旗が、天高く掲げられた。

必死に逃げる帝国軍の兵士は、それを頼りに崖の方へと殺到する。そして目の前に現れた深く狭い峡谷へと、次々に入っていった。

アキトはその様子を見守りながら、戦場の方へ目を移す。

「順調のようだな……いや」

アキトの目に映るのは、大きく逃げ遅れた帝国軍の一団だった。兵数は約五百程。

「リヒト！」

「了解だ！」

リヒトはアキトへそう答え、崖下に待機していた痩身の男に手で合図を送る。

崖下の男はそれに手で応えると、単身馬に乗り、逃げ遅れた一団へと颯爽と駆けていく。

逃げる兵達の誰もが、そっちには敵がいると止めるが、お構いなしだ。

男は逃げ遅れた一団と合流すると、何かを大声で叫んだ。

すると兵達の足が次第に速くなっていく。武器は捨てても鎧はつけたまま、それにしては速すぎた。やがて彼らは、南魔王軍の追っ手を余裕で振り切るのであった。

アキトはそれを目で追いながら、呟く。

「リヒト。さすがお前の師駒だ」

「当然だ。ルッツは生徒の持つ師駒の中では、最速だからな」

リヒトはさも当然といった様子で答えた。

兵達の足を速めた男は、リヒトの師駒で名はルッツといった。

師駒は人間ではない。ルッツは人の姿をしてはいるが、師駒と呼ばれる召喚された人ならざる存在なのである。

その能力には個体差があり、多種多様だ。

このルッツの場合、周りにいる生物の移動速度を速めるという技能《スキル》を持っていた。

その技能のおかげで、逃げ遅れた一団は峡谷へ逃れることができた。

だが、南魔王軍の追っ手数千もすぐそこまで迫っている。

「よし！　全員で旗を上げて、太鼓を鳴らせ!!」

アキトがそう叫ぶと、崖上に待機していた軍師学校の生徒とその師駒達が何十本もの旗を、次々と起こしていく。

それと同時に鳴り響く太鼓の音。

我先にと帝国軍を追撃していた南魔王軍の魔物達は、突如として旗が現れ太鼓が鳴ったことに、足が鈍る。

南魔王軍の指揮官達は、追撃をやめるな、崖の上を攻撃しろと叫ぶも、上手く命令が行き渡らない。

アキトは時を移さず次の命令を下す。

「アリティア、頼む！」

「任せて！」

アキトの後方、峡谷を見渡せる場所にいたアリティアはそう答えた。

そして峡谷に誰もいないことを確認すると、叫んだ。

「お願い！」

合図と共に、アリティアの周りにいた師駒達十名程がいくつかの大きな岩を押し出そうとした。

直径にして、人の背丈の二倍はあろう大岩だ。普通の人間であれば、動かすのに五、六人は必要な大きさだ。

しかし、師駒達は二人ずつ、容易にその大岩を押し出していた。

一般的に師駒は、人を上回る腕力を有している。それに加え、アリティアの師駒の中には、周りの生物の筋力を高める技能を有していたのだ。

故《ゆえ》に、大岩を掘り出したり、動かすことが容易に出来たのである。

押し出された大岩は、そのまま帝国軍の去った峡谷へと転がり落ちた。そして峡谷の道を完全に塞《ふさ》いだ。

「成功だ！　俺達も撤退するぞ!!」

作戦が成功したことを確認して、アキト達も南魔王軍とは反対の北方へと逃れるのであった。

この戦いで、帝国軍は多数の死者を出した。

しかし、アキト達の活躍で、およそ三千もの兵が救われたのだ。

その一方で、旗を勝手に使用した件や、軍師学校の生徒達が勝手に軍事作戦を実行したことは、罪に問われてもおかしくなかった。

特に、エレンフリートは敗戦の腹いせに、アキト達を厳罰に処するつもりだった。

だが、南方軍総司令官ディオス大公は、それを不問とした。政治的に罪に問えない理由もあったが、それ以上に生徒達の活躍で兵が救われたことに感謝していたのだ。

そればかりか、その活躍を称え、軍師学校の生徒達数名には師駒を召喚できる師駒石が一つずつ贈られた。

駒無しであったアキトにも、ついに師駒石が授けられたのだが……。

このことを知ったエレンフリートが、師駒石は軍師学校が得たものだと主張し、生徒達から没収する。

アキトも、せっかく授けられた白色の師駒石を、手放さなければいけなくなった。

だが、とにかくにもこの撤退戦は、まだ若い軍師達の名声を上げた。

すなわち自らの師駒を用いて撤退を指揮した、ロードス選帝侯のリーンハルト・フォン・ロードスと、第一皇女アリティアのことだ。

後に英雄と呼ばれるに至る両名と、それを支えた軍師学校の生徒達。

作戦を指揮したアキトも、その一人であった。

アキトの名は、帝国新聞でリーンハルトとアリティアの下に小さく添えられるに留まる。そしてこの後しばらく、アキトの名が世間に広く知られることはない。

だが、この出来事が、後に名軍師にして名宰相と呼ばれるアキト・アルシュタートの、帝国史における初出であった。

序章二話　軍師、駒を得たり

アンサルスの敗戦から二か月後。

帝国軍は南魔王軍に対し、攻勢に出ることはなかった。南方軍総司令官ディオス大公が、城砦《じょうさい》を中心とした籠城戦に切り替えたからだ。

戦略としては無難。一進一退の攻防が帝国軍と南魔王軍の間で展開された。

しかし、南山脈以南にある帝国領の農村区や城壁を持たない街は、もれなく南魔王軍の手に落ちていった。

南魔王軍だけではなく、北魔王軍も相変わらず、帝国の国境を脅かしているという状況であった。

――それを知っているのに、自分は何もできない……。

この戦乱とは遠く離れた帝都軍師学校の教室、窓際の席でアキトは遠く空を眺めていた。

帝国にはいくつか学校が存在しているが、軍師学校はその一つだ。

そもそも軍師というのは、所領を持つ者や帝国軍将校の補佐をするのが仕事だ。

その軍師を育成するのが、この軍師学校である。

他の士官学校や貴族向けの学校が、軍人や官僚という一つの専門家を目指すのに対し、軍師学校は幅広く勉強しなければいけない学校であった。

軍師は職務上、軍事と内政に関する助言を領主に行うからだ。

また、領主の命令があれば軍の指揮を任される事もあるし、領主不在に内政を担当することにもなる。

そういった仕事の幅広さから、軍師学校は未来の領主も通う場所となっていた。

その未来の領主様が、何やらアキトの隣で騒いでいる。黒い学生服を着た男女が向かい合って机に座り、話し合っていたのだ。

女生徒は待ちきれない様子で男を急かす。

「早く開けましょ、セケム!!」

「そんな急がなくたって大丈夫だよ、エルゼ」

エルゼと呼ばれた女生徒にそう答えたのは、エレンフリート学長のお気に入りセケム・リュシマコスだ。

セケムの向かいに座る女生徒……長い黒髪を頭の後ろでまとめたエルゼは、セケムの持つ麻袋に黄色い瞳を向ける。

学生服の黒いスカートは、長くほっそりとした白い脚を他者に見せびらしたいのか、どうにか下着が隠れるような長さまで短くしている。

この女性の名は、エルゼ・フォン・エレンフリート。苗字から分かるように、この軍師学校の学長ルドルフ・フォン・エレンフリートの娘だ。

セケムは袋からじゃらじゃらと、光る石を机の上に広げる。

エルゼがそれを声に出しながら、指で数える。

「黄石が三、白石が五……〝ナイト〟が出る可能性もあるわね」

「白石からも、極まれに〝ナイト〟が出るらしい」

「本当？　白石から出た〝ナイト〟なんて、弱そう」

セケムとエルゼが話しているのは、師駒のことであった。

師駒は、言ってしまえば、消えない召喚獣のようなものだ。

召喚魔法の召喚獣は存在できる時間に限りがある。そして術者が魔法を解けば、召喚獣は消えていく。

それに対して、師駒は一回召喚すれば、召喚者の持つ師杖《しじょう》が壊されるか、師駒自身が殺されない限りは地上に存在し続ける。

師駒には、クラスやランクという概念が存在していた。

セケムとエルゼが口にした〝ナイト〟というのは、その師駒のクラスを指している。

アキトは教科書を机から出して、師駒についてのページを開く。

帝国の師駒管理局の定めるクラス……。

キング、クイーン、ビショップ、ナイト、ルーク、ポーン。

例外や海外の基準もあるのだが、帝国内ではいずれかのクラスに無理やり当て嵌《は》められる。

キングが一番強くて、ポーンが一番弱い。その認識は子供に言い聞かせるには、間違いではないかもしれない。

実際に、キングの能力値をポーンが上回った例は帝国内では皆無。しかし、キングより強いクイーンはいるし、ポーンよりも弱いナイトも存在する。ビショップの魔法能力はしばしば、キングとクイーンを上回る。

そう。あくまでクラスは、何が得意かの指標に過ぎないのだ。

では、強さは何を以《もっ》て表すのか。

それは師駒管理局の定めるランク表で分かる。

軍師協会による軍師への格付けも同じだが、そのランクは、古代から使われる父祖の文字A～Fの順で表す。A級が一番強く、B、C、D、E、Fの順で弱い。規格外の強さには、S級と付けられることもある。

しかし、帝国史上、S級の師駒を召喚した者は、初代皇帝マリティア一世以降現れていない。

「とにかく二人目のナイトが欲しいんだ」

「そりゃ私もだけど。あんた、すでに三十個ぐらい師駒石を使っててんじゃない？」

「うん、おかげでF級のポーンばっか引いているがね。まあ、それでも正規兵ばりに戦えるから、私兵としては良いんだが」

師駒は、絶対的な忠誠とその人間離れした能力で、師杖という道具を持つ者、すなわち主人に奉仕する。

それに留まらず、周りの味方の能力を上昇させたり、他者の能力改善も行えるのだ。

故に戦闘に使役されることが多いが、土木建築、採掘、生産、農林水産業……内政方面で力を発揮する師駒もいる。

将軍や為政者だけではなく、軍師にとっても師駒は正に必須と言って良い。

この師駒のランクは、軍師のランクにも影響する。

軍師のランクは、戦績や内政経験によって評価される所が大きい。

だが、所有している師駒の数とその強さも、軍師協会による格付けの参考とされるのだ。

つまりは、実戦や現場で実績を残せない軍師学校の生徒や新米軍師にとって、師駒のランクと所有数が軍師のランクを決めると言っても過言ではない。

だから、師駒のないアキトは、剣術で一番強かろうが、歴史の試験で満点をとろうが、軍師協会に全く評価されることがなかった。

軍師学校での成績と軍師協会の格付けは、イコールではないのだ。

また、この前のアンサルスでの活躍は、軍師協会の役員でもあるエレンフリートの意向もあって、戦績とは見なされなかった。

そのせいで、アキトはアンサルス以前と変わらず、最底辺F級軍師として日々を過ごしている。

「とにかく引いてみましょ？　セケムが引いたら、次は私ね」

「もちろん。じゃあ、引いてみるとしよう」

エルゼにそう答えて、セケムは自身の師杖を取り出した。

師杖と呼ばれてはいるが、その形態は何も杖に留まらない。セケムの師杖は、どうやら刃以外すべて彫刻が施されている白銀の斧のようだ。

師駒の召喚方法は簡単だ。師杖で、師駒石を一回叩くだけ。

早速、セケムは黄色い師駒石をその仰々しい師杖でポンと叩いた。

「頼む!!　ナイトよ来てくれ!!」

セケムは神に頼むように、大声を出した。

光る師駒石……光が消えて現れたのは、鉄の鎧に身を包んだ男だった。

「ポーンか、ナイトか……」

セケムは真《ま》っ新《さら》な紙を一枚机の上に取り出すと、師杖をそれにかざした。

紙に浮かんでくるのは、帝国文字で書かれた師駒に関する情報だ。

「ちっ、E級のポーンか……」

悔しそうにぼやくセケム。それを見たエルゼが声を掛ける。

「良かったじゃん。E級なら、ポーンの中では上級でしょ？」

「そうなんだが、やっぱナイトが欲しいんだ。さ、次はエルゼの番だぞ」

「私は、ナイトを引くわよ！」

エルゼとセケムは交互に、次々と師駒を召喚する。

だが、期待もむなしく、ポーン以外出ないようだ。

増えてきたポーン達に、師駒が控える場所、侍人棟《じじんとう》へ移動するよう伝えるセケム。

アキトはポーンばかり出るのも無理がない、と心の中で呟いた。

師駒石の色によって、召喚できるクラスの確率は異なる。白石では、ほぼポーンが。まれにナイトかルークが出てくる。黄石は白石よりもいくらかナイトかルークが出やすいが、それでもほぼポーンだ。

白石ではなく、黄石をたくさん用意すれば、ナイトを引き当てられるかもしれない。

しかし、師駒石は非常に高価なのだ。それも、白石一つで帝都の一般的な市民の家を買えてしまうような代物だ。

師駒石は、師駒が死んだ際に落とすか、稀に発掘されるかのだいたいどちらかでしか、流通しない。

しかも、師駒が倒された時、必ず師駒石を落とすとは限らないのだ。

セケムは、父親であるリュシマコス大公の財力によって、多くの師駒石を調達してきた。

普通の軍師学校の生徒であれば、入学時に必要な師駒石一個だけで終わってしまう。

かつて、アキトも親から師駒石を与えられ、この軍師学校に入学した。

そして軍師学校に預けられたそれを、早速入学時に使ってみたが……壊れた師駒石だったのか、全く反応がなかったのだ。

そうして、一つの駒も持たない〝駒無し〟のアキトという生徒が出来上がった。

セケムの不満そうな声が、教室に響く。

「くそ！　最後の一個になってしまったぞ!!」

「最後は私ね……白石だから、あんま期待はできないけど」

エルゼが持つのは、少しくすんだ白石だ。

横目でそれを見るアキトには、見覚えのあるものだった。

その師駒石は、アキトがディオス大公から授けられた白石だったのだ……。

エレンフリートは、自分の娘とお気に入りのセケムに没収した師駒石を渡していたのだ。

唇を噛みしめるアキトだが、学長が決めたことに生徒は逆らえない。

だが、自分が体験できたであろう、〝仲間〟との出会いが作業のように行われているのは、悲しかった。

エルゼは、自身の師杖である鞘に入った短刀を取り出す。

そして短刀の柄で師駒石を叩いた。

「ナイト、来い!!」

エルゼがそう言い終わるや否や、光が弾けた。

けれども、エルゼの目には何も見当たらない。

「人型じゃない？」

「もしかして、聖獣かもしれないぞ、エルゼ」

セケムは周りをキョロキョロと見渡してそう言った。

「え？　もしかして、こいつ？」

エルゼは一点に視線を止めた。

師駒の召喚についてもう一つ大事な事、それは師駒石には大きく分けて、二つ種類があることだ。

一つは、人間や亜人、聖獣が召喚される師駒石。

もう一つは魔物が召喚される師駒石で、これは分類のため人からは師魔石と呼ばれる。

エルゼが召喚したのは、青みがかった透明のスライムだった。

人間の頭程の大きさで、プルプルと震えている。

「スライム……F級のポーン」

エルゼは師杖を紙にかざして呆然と呟いた。

「ちょっと！　セケムどういうことなのよ!!!」

「し、知るか！　……ん？　これってもしや白魔石？」

使用済みの師駒石を見て、セケムはそう呟いた。

最後にエルゼが使った師駒石は、他の白石よりも黒ずんだ色をしている。

つまり師駒石ではなく、師魔石だったのだ。

「白魔石?!　白石と見分けるのが難しいやつよね。魔物が使うやつじゃん。はあ……最悪」

エルゼは立ち上がって、スライムを見下ろす。そしてスライムに師杖を叩きつけると、閃光がスライムと師杖の間で弾けた。

エルゼが行ったのは、主従関係の解消である。

「本当、最低な気分よ……ねえ、アキト！　あんたこれ外に捨ててきなさい！」

突然のことに、アキトはビクリと体を震わせる。

「何で？」

「F級軍師が、このD級の私に逆らうっていうの?!」

「逆らうとかそういう問題じゃなくて。別に魔物でもいいじゃないか？」

「馬鹿なのあんた?!　魔物なんて下等な生物、この世から消えるべきなのよ!!　ああ、もういいわ！　消えちゃえ！」

エルゼは、風魔法でスライムを窓の外に吹き飛ばした。

べちゃりという音が教室の外から響く。

「なんてことするんだ!?」

アキトはすぐに窓から身を乗り出して、校舎の四階から校庭を見下ろした。

スライムはバラバラになったが、今一度体を元に戻そうとしているようだ。

だが長くはないだろう。師杖から切り離された師駒は、主人がおらず本来の能力を発揮できない。

回復力もその内の一つだ。

「まーだ死んでないのね……ゴミ捨てたって、父上から怒られちゃう。消し炭にしてくるわ」

窓からスライムを見たエルゼはさも面倒くさそうに、廊下へ行こうとする。

「待った、エルゼ……」

「なに、セケム?」

セケムはひそひそとエルゼに何かを伝えた。

「ぶっ、何それ……セケム、あんたやっぱ天才だわ」

「だろ?」

エルゼはセケムと目を合わせて、嘲笑《あざわら》うように言い放った。

「アキト、あんた駒ないじゃん。だったらあのスライム、駒にしちゃえばいいじゃない?」

「お前が召喚した師駒だ。なんで俺が⁈」

アキトはエルゼに振り返り、答えた。

「したくないならいいんじゃない? でも、あのスライム、このままだと死んじゃうわよ?」

エルゼの言葉に、アキトはもう一度窓の下のスライムを見る。

「ま、死んだって誰が困るわけでも、悲しむわけでもないけどね!」

「……この人でなし」

アキトはそう吐き捨てて、エルゼの横を通り過ぎた。

「本当に助けるんだ⁉ やっぱ‼」

エルゼは意地悪そうに笑いだす。

セケムも腹を抱えて笑っているようだ。

アキトはそれに振り返らず、ただ校庭へと階段を下りていった。

つい百年前までは、帝国では人間と魔物が共存していた。

しかし、五十年前、北と南の魔王軍と戦争になってからは、ここ帝都で排斥運動や、奴隷化が活発化している。

アキトは魔物を差別するような人間ではなかった。

しかも、この前のアンサルスの戦いで、魔物は人間と変わらない戦争ができることを目の当たりにしたのだ。

何より、自分が得るはずであった師駒石で召喚された師駒である。アキトが放っておけるはずがなかった。

こうしている間にも、スライムは体を元に修復することが出来ず、水のように溶けていく。

アキトは校庭に着くと、すぐに鞘に入った刀の柄でスライムに触れた。

帝国では見られない独特の反りがあるこの刀が、アキトの師杖だ。

刀との間で小さな閃光が弾けると、スライムは見る見るうちに体を一つに集めだした。どうやら主人を得て、回復能力を取り戻したようだ。

こうしてアキトは、〝駒無し〟ではなくなった。

しかし、魔物を駒と認める教師と軍師協会の役員はおらず、軍師協会もアキトをＦ級のまま格付けを変えることはなかった。

教室の窓から見下ろすセケムとエルゼ。他の生徒達も同様に覗き込む。

彼らがアキトに浴びせたのは、魔物を師駒とすることに対する罵声と嘲笑。

その中でアキトは、自身の師駒となったスライムを大事そうに抱きかかえるのであった。

序章三話　軍師、友とスライムと共に戦う

「行け！　……そうだ！」

師駒が待機する侍人棟の隣、師駒を鍛錬する訓練場に、アキトの声が響く。

青空の下、指示を受けて小さく青い身体を動かすのは、数日前にアキトの師駒となったスライムであった。

スライムは機敏に動き、藁《わら》で出来た的に体当たりを繰り出す。

しぶとく立っていた的は、ついにスライムによって倒された。

「だいぶ早くなったじゃないか、リーン」

アキトはスライムを褒める。

リーンというのは、このスライムの名だ。いい名前がないかとアキトが悩んでいる時、アキトの友人リヒトが、自身の名リーンハルトから一部を与えてくれたのだ。

リーンは、ぴょんぴょんと跳ねてアキトの元に駆け寄る。

「よくやったな、リーン」

リーンは何も言わず、アキトの頬に身を擦り付ける。

何も言わないというよりは、何も言えないのが正しいだろう。

「おいおい。そんなにくっつかないでくれよ」

プルプルとした感触、ひんやりとしたリーンの体。

アキトもまんざらではない様子だ。

リーンを片手で抱きかかえながら、アキトは師杖で机の上にある紙に触れ、浮かび上がる文字に目を通す。

「……どれどれ。おお、少し体力が上がってるぞ！　やったなリーン！」

リーンは更に喜び、アキトの腕の中で小躍りした。

師駒は鍛錬を重ねることで、その能力を上げたり、新たな能力を得ることができる。

だが、人間同様に成長の限界があるし、成長する速度も個体差がある。

また、師駒石を消費することで、鍛錬なしでも大幅に成長させることができる。もしくは、成長の限界を超えさせたり、技能を獲得させることも出来る。

リーンはＦ級のポーン。技能はなく、その能力は他の師駒と比べても、最底辺であった。

それでも、アキトは嘆かない。こうして数日間、放課後はずっとリーンと鍛錬に励んでいるのだ。

だが、リーンの成長する速度は牛歩と言っていい。人間のような戦闘力を得るには、今日のような鍛錬を二年は繰り返さなければいけないだろうと、アキトは予想した。

他の軍師学校の生徒ならば、匙《さじ》を投げるところだ。しかし、アキトにとってそれは苦ではなかった。これまでも師駒が得られない分、自身の鍛錬、勉学に励んできたのだ。

俺がリーンを一人前にする、そうアキトは意気込んでいた。

しかし、そのアキトに向けられる嘲笑。アキトを気に入らない者達が、今日もこの練兵場にやってきた。

「ちょっと!! またスライムがいるわよ!!」

そう言い放ったのは、エルゼだった。

取り巻きの女子生徒二人はその言葉に応えて、「気持ちが悪い」とか、「有り得ない」などと声を上げる。

リーンはアキトの胸から飛び降りると、威嚇《いかく》するようにエルゼの前で体を震わせた。

アキトはなだめるように、再びリーンを抱き寄せる。

「やめとけ、リーン。エルゼ、放っておいてくれないか？ もうリーンはお前の師駒じゃないだろ？」

「当たり前でしょ！ そんな魔物が駒なんて、有り得ないもの。というか、リーンだなんて魔物のくせに生意気ね。まさか、あんたがつけたんじゃないでしょうね？」

「お前には関係ないことだ」

「質問に答えなさい、この底辺野郎!!」

「はあ……俺の友人が自分の名前を分けてくれたんだ。リーンハルトがな」

「り、リーンハルト様のお名前から?! ……ああ、何ということ。かくも尊いお方の名からだとは」

エルゼはその場で頭を抱えだす。他の取り巻きも驚きを隠せないようだ。

「行こう、リーン。少し休憩してからまた訓練だ」

アキトの言葉に、身を動かして頷くリーン。

「待ちなさい！」

エルゼは去っていこうとするアキトを呼び止めた。

アキトは、もう勘弁してくれといった顔で答える。

「まだ何か用？」

「私と勝負しなさい！」

「何で？」

「ムカつくあんたと、そのくそ生意気な魔物をぶちのめしたいからよ」

「……馬鹿馬鹿しい。じゃあな」

去ろうとするアキト。しかし、エルゼの取り巻きが行く手を阻む。

エルゼは振り返るアキトに、ニヤリと笑う。

「父上からは許可をもらっているわ。アキト、これは学長命令よ」

アキトはため息を吐いた。

「……勝負というからには、正々堂々戦ってくれるんだろうな？」

「もちろんよ。今日の放課後、戦闘盤《ボード》で待ってるわ。いい？　逃げずに来るのよ。でないと、あんたは退学よ」

エルゼは取り巻きと笑いながら、「ま、そのほうが好都合だけどね！」と言い残していった。

それに怒るかのようにリーンは、アキトの胸を飛び出し、身を震わせる。

だが、それを見たエルゼ達はむしろ笑い声を大きくするだけだ。

アキトはリーンを再び抱きかかえ、訓練場を後にした。

※

軍師学校の校庭に、真っ黒い石材が敷き詰められた場所がある。

数千人が整列できるようなこの場所は、戦闘盤と呼ばれる魔法装置であった。

この戦闘盤は、盤上に兵士型の幻影を召喚できるようになっている。

幻影は、幻影相手にしか攻撃できない。また、耐久性も低く、四、五回の攻撃で消えてしまう。

なので、人間や師駒にダメージを与えられるような力は、一切持っていないのだ。

戦闘盤の目的は、この幻影を用いて、兵を指揮する訓練に使うこと。基本は二つの軍勢に分かれ、幻影を戦わせる。つまりは、小さな戦場だ。

だが、軍師学校の生徒の間では、大きな盤上ゲームとして、決闘や賭け事にも用いられていた。

また、師駒に幻影のみを倒せる武器を与え、師駒も参加させることが盛んに行われている。

アキトとリーンは、エルゼとの約束通り、この戦闘盤の上に来ていた。

そして今、エルゼも戦闘盤へと歩みを進めている。

その後方には、エルゼの取り巻き十数人と、セケムがいた。

戦闘盤に上るエルゼとセケム。そしてそれぞれの師駒が一体ずつ、戦闘盤へ足を踏み入れ、アキトと話せる距離で止まる。

エルゼは口を開いた。

「約束通り来たようね」

「やあ、アキト。君をぼこぼこに出来るって聞いて、一緒に来たんだ」

セケムはニヤニヤと笑っていた。

アキトは当然のように訊ねる。

「何でセケムがいるんだ？」

「これも学長命令よ」

エルゼは、アキトの質問にただ一言そう答える。

元々、アキトは勝とうなどとは思っていない。このゲームは誰も傷つかないし、エルゼのわがままを解消できればそれでいいのだから、セケムがいても問題はない。だが、皮肉の一つも返したくなる。

「正々堂々の勝負なのに、二対一で戦えっていうのか？」

「うるさいわね……幻影がいるんだから良いじゃない。いいから始めるわよ」

聞く耳を持たないエルゼに、アキトはため息を吐く。その時だった。

「二対一は卑怯だ。俺が、アキト側に加わろう」

アキトはその声の方向に振り向く。

「リヒト?!」

そこにはリヒトと、その少し後ろで心配そうに見つめるアリティアの姿があった。

「……ちょっと二人とも、やめときなさいって」

アリティアのその小声は、リヒトには届かない。

リヒトはそのまま、自分の師駒ルッツと共にアキトの隣へと歩いていく。

「リーンハルトの野郎！」

「り、リーンハルト様……」

セケムは不快な顔で、エルゼは額に汗を流して、リヒトの顔を見る。

エルゼの取り巻きや野次馬も、リヒトの登場にざわついているようだ。

「へ！　いい機会だ！　お前もぼこぼこにしっ」

セケムは言葉の途中で、エルゼに口を押えられる。

「リーンハルト様！　何故、こんな男……魔物の肩を持つのですか?!」

「アキトは俺の盟友。リーンは俺の名前を分けた者。それを害そうとするのは、俺に対する挑戦でもある」

「い、いくらリーンハルト様と言えど、今の言葉は聞き捨てなりません！　魔物に名前を与えるなんて！　撤回を！」

エルゼは声を震わせながら、叫んだ。

若くしてロードス選帝侯でもあるリヒトを、エルゼは敵に回したくなかった。それに、あわよくば将来の夫としたかったのだ。

しかし、リヒトはエルゼを無視して、アキトへ声を掛ける。

「俺はルッツを出す。これなら、あの二人のナイトとも互角に戦えるだろう」

「リヒト……いいのか？」

「気にするな。かつて俺を助けてくれたように、俺も君を助ける」

「そうか……すまないな、リヒト」

申し訳なさそうにするアキトの肩を、リヒトはポンと叩く。

そんな時、セケムが叫ぶ。

「ああ、もう！　さっさと戦いを始めるぞ！」

エルゼは、リヒトと戦うことを嫌がっている。

しかし、セケムの方はやる気満々だったのだ。

「いいだろう。ルールは、幻影が先に指揮者に触れた方が勝者、または先に全滅した方が敗北でいいな？」

アキトは確認するように、そう訊ねた。

「もちろんだ！　……だが、その前にこちらの要求を伝えさせてもらう！」

面倒くさい話と思いつつも、アキトはセケムに返答する。

「……何が望みだ？」

「貴様らが敗北した場合、リーンハルトの師駒を一体俺に寄こすこと！」

無茶苦茶な要求だ断ると、アキトは答えようとしたが、リヒトが先に口を開く。

「いいだろう！　では、こちらの要求だ。俺達が勝利した場合、アキトへ師駒石を渡せ。そうだな……俺の師駒を賭けるのなら、最低でも黄色の石を出してもらおうか」

「ふん！　いいだろう」

セケムはニヤリと笑った。

「おい、リヒト！　何を馬鹿な事を！」

「何を怒っているアキト。俺達が負けることはない。そうだろ？」

リヒトはアキトへ笑ってみせた。アキトはいつもと変わらないリヒトの様子に、ため息を吐くしかなかった。

アキトとリヒト、それにエルゼとセケムのチームが離れていく。

十分に距離をとったことを確認すると、お互いが「召喚！」と叫んだ。

すると、戦闘盤からは兵士の形をした幻影が、両陣営にそれぞれ三百体ずつ現れた。

幻影達は、互いに睨みあう。

リヒトはアキトへ訊ねた。

「アキト、何か策はあるか？」

「……相手の師駒はどちらもナイト。単体でも強く、恐らくは幻影の攻撃力を上げることもできるだろう。そう考えれば、俺達の幻影は二、三発の攻撃でやられてしまう。ここはルッツとリーンの力で、幻影を敵指揮官の元に、一刻も早く導くべきだろう」

「敵指揮官への急襲か。しかし、敵はそれを何としても妨害するだろうな」

「ああ。だが、ルッツとリーンがいれば、それは容易だ。これは〝戦争〟じゃないからな」

「そうだな。戦争のように、被害を考慮する必要がない。ではアキト、始めようか」

アキトはリヒトに頷き、幻影と師駒に指示を送り始めた。

それを見たセケムも、自分達の師駒と幻影を前進させる。

「こっちにはナイトが二体もいるんだ！　捻りつぶしてしまえ！」

ナイトという力に優れた師駒を先頭に、幻影達は横隊を組んで突撃してくる。

「よし、こちらも単縦陣を取れ！」

アキトの命令通り、幻影達は敵と同じ横隊を組んだ。

セケム達の幻影が迫ると、アキトは次の指示を送る。

「中央の幻影は後退！　敵を引き込むんだ！」

つまりは敵を反包囲するための策であった。

セケムは笑って、命令を下す。

「馬鹿め！　そんな手には乗るか！　ナイト達よ、二手に分かれ、敵の両翼を叩け！」

中央にはナイトを突っ込ませず、両翼へ攻撃を集中させる。そして破った両翼から、アキト達に幻影を送り出す。

これがセケムの策であった。

アキトとセケム、双方の幻影が衝突する。早速アキト達の幻影は、旗色が悪くなっているようだ。

セケムとエルゼのナイトは、幻影の攻撃力を上げる技能を持っていたからである。

十分に乱戦になったことを確認すると、アキトは指示を出す。

「ルッツ、今だ！」

「へい！」

リヒトの師駒ルッツはそう答え、中央の幻影達と共に、攻撃を加えていく。

ルッツはナイトであったが、速度に優れ、力は劣っていた。

しかし、幻影ぐらいであれば、容易に倒すことができる。加えて、中央のセケムの幻影は反包囲されていたから、易々《やすやす》と突破できた。

ルッツは幻影を率いて、セケムの方へと向かっていく。自身も早いが、周りの者の速度を上昇させる技能を持っているため、アキトの幻影達も相当な速さで進んでいく。

　これを見たセケムは、冷や汗をかいた。

「な、ナイト達よ！　敵の師駒を抑えろ！」

　その命令に、セケムとエルゼのナイトは幻影を率いて、ルッツの方へ向かう。

　ナイト達はまだセケム達に近い両翼側にいたので、即座に対応できた。

　このままでは、ルッツはナイト達に追いつかれるだろう。

　ルッツは走りながら、自身の肩に乗せていたスライムのリーンを、後方へ振り降ろす。

　リーンは着地するなり、すぐさま地面に体を広げた。

　ナイト達はとっさのことで、リーンに足を取られてしまう。

「ば、馬鹿者、さっさとその魔物を殺せ！」

　セケムの命令に、ナイト達は足元に剣を振るが、効果はない。戦闘盤に持ち込んでいい武器では、幻影以外傷つけることができないのだ。

　ルッツ率いる幻影が、セケムに肉薄する。

「わあっ！　わああ！」

　幻影と言えど目の前に剣を振り上げた者が迫っていることにセケムは恐怖し、その迫力に尻餅をつき、エルゼの足元へとすがった。

「セケム、ちょっ！　気持ち悪いって！」

「いやだあぁ！　や、やめろおお！」

　叫ぶセケムを切りつける、幻影の剣。

だが、セケムには傷一つ付かない。

試合の勝敗は決した。戦闘盤からは、幻影が姿を消していく。

勝負の行方に、観衆達は言葉を失った。圧倒的な力を持つナイトを二体持つセケム側が、魔物のいる方に負けたということ、それは奇しくもアンサルスの敗戦を思わせるのであった。

「勝ったな。それにしても、何とたわいの無い」

リヒトは呆れたような顔で、自分の師駒ルッツの方へと歩いていく。

アキトもまた、自らの師駒であるリーンの元へと進んでいった。

リーンは、まだナイト達の足を引き留めているようだ。

「リーン。もういい」

リーンはそれに応えるかのように、直ちにナイトを解放する。

ナイト達は、こんな魔物に負けたのかと恥ずかしくなり、セケムとエルゼの元へ一目散に戻っていった。

「よくやってくれた、リーン」

アキトの言葉に、リーンは嬉しそうにぴょんぴょんと飛び跳ねる。

「それにルッツも。助けてくれて、ありがとう」

アキトは戻ってくるルッツとリヒトに、そう声を掛けた。

「旦那の大の親友アキト様のためとあれば、このルッツ何でもしやすぜ！」

「ルッツ……お前は俺の師駒なのだぞ」

「そりゃそうですが、旦那、いつもアキト様のことばっか……んっ！」

リヒトは、すぐにルッツの口を無理やり塞ぐ。

「何はともあれ、俺達は勝利した。……セケム！　おい、セケム！」

リヒトの声に一言も答えないセケム。どうやら、立ち上がれないようだ。

しかし、ナイト達の助けで何とか立つことができた。

「こ、これは負けではない！　そんな卑怯な罠を、帝国人は用いない！」

「御託《ごたく》はいい。さっさと師駒石を残して、失せろ」

言い返そうとするセケムであったが、観衆の目もあって、約束を違えることはできなかった。「畜生！」と吐き捨てて、胸ポケットから黄色い師駒石を放り投げる。そしてエルゼと共に、戦闘盤から逃げるように去っていった。

「さて……アキトよ、受け取れ」

リヒトは、セケムが残した師駒石をアキトに渡す。

「いや、リヒト。お前がルッツを連れてきてくれたから、勝てたんだ。これはお前が」

「馬鹿を言うな。君の策で勝ったんだ。それに、君にはこれからも強くなってもらわなければ困る。君は将来、俺とアリティアの軍師になるのだからな」

「リヒト……」

リヒトはこれまで何度も、アキトへ師駒石を渡そうとしていた。

しかし、自分の実力でないからとアキトは固辞していたのだ。

だが、今回アキトは自分の策で勝った。何より、黄色の師駒石などリヒトには珍しいものではなかった。

アキトは、静かに頷く。

「リヒト、ありがとう」

師駒石を受け取ったアキトに、リヒトは微笑んだ。

「ははは。それにしても、これはいい師駒石の供給源が出来たな。もう一回セケムを煽って、賭けをさせれば……」

「それはさすがに可哀そうだぞ、リヒト」

「ふっ。君は、いつもそんなんだな。あんな男も気遣うとは」

「お前がいつも容赦ないだけだ」

お互いに肩を小突き合うアキトとリヒト。

「もう二人とも！　喧嘩なんか、もう絶対に駄目よ！」

二人に割って入るのは、アリティアであった。

アキトは一言「ごめん」と、リヒトは「奴らがいけないんだ」と答える。

三人はまたしばらくの間、いつものように口論をするのであった。

だがそんな時、校舎から歩いてきた長身の女性が告げる。

「アキト君。学長があなたをお呼びだわ」

※

アキトは長身の女性の後を付いて、学長室へ続く廊下を歩く。リヒト達には改めて礼を伝えて、リーンには侍人棟に戻っておくように伝えた。

「ハンナ先生、学長が俺なんかに一体何の用が？」

「それは学長に聞いて」

長身の女性、ハンナはアキトの声に振り向きもせず、冷たく言い放った。

この長い金髪を結い上げ、うなじを見せているハンナはアキトの担任でもあった。

まだ二十代前半の若い教師ではあるが、軍師学校では優秀な成績を収め、戦績を積む機会に恵まれた。軍師協会からは、A級軍師と格付けられている。

赤い瞳と切れ長の目は、冷たい印象を見る人に与える。それ故、アキトにだけこう冷たいわけではない。

ハンナは学長室の扉の前で止まると、扉をコンコンと叩いた。

それに気づいた学長が廊下へ声を掛ける。

「どなたですか？」

「ハンナ・フォルストです。アキト・ヤシマを連れてまいりました」

「……入りなさい」

「失礼します」

大きな窓を背に、机に肘をつきながら椅子に掛ける学長エレンフリート。

笑顔でハンナに告げる。

「ハンナ先生、ご苦労様でした。後は私が対処します。通常の職務に戻りなさい」

「は、かしこまりました。それでは、失礼いたします」

ハンナは大きく頭を下げると、そのまま学長室を後にした。

扉の閉まる音が、バタンと響く。

エレンフリートは、いつもの細い目のまま口を開いた。

「さて、アキト君。なぜこの場に呼び出されたか分かるかな？」

「申し訳ございません、エレンフリート学長。皆目見当がつきません」

「……そうか。今日呼び出したのは、君のあの汚らわしい魔物のことだ」

「学長、リーンは俺の立派な師駒です。今の言葉は取り消していただきたい」

アキトの言葉に、エレンフリートは目を見開いて声を荒げる。

「リーンだと？　魔物ごときに帝国人の名前をつけたのか?!」

「学長、お言葉ですが、魔物はすでに我々帝国人とそう変わりません」

「魔物と我らが同等だというのか?!」

「はい、この前のアンサルスの戦い、学長も」

アキトの言葉の途中で、エレンフリートは机に拳を振り下げた。

エレンフリート自身が組み立てた作戦と誇りにしていた戦術。それを引っ提げ自信満々で挑んだアンサルスの戦いは、帝国軍の大敗北で終わった。

そのアンサルスの戦いという言葉が、自身の策に異を唱えた男の口から出たのだ。エレンフリートは怒りを抑えられなかった。

「貴様は……アンサルスの戦い、自分の策が正しかったと言いたいのか?!」

「そんなことはありません。ただ、魔物を過小評価したり除外することは」

「ええい、聞きたくない!! 貴様は退学だ!! この第二次南戦役の英雄、エレンフリートを侮辱するなど!!」

「学長! 待ってください! そんな権限は、あなたにないはずだ!!」

退学、という言葉にアキトも思わず声を荒げた。

いかに学長と言えど、その一存で生徒の進退は決められない。他の教員と会議で検討されることなのだ。

エレンフリートは少し息を落ち着かせて、告げた。

「……普通であればな。だが、本日この帝都で魔物の追放令が施行された! 汚らしい魔物共は、この帝都にはもはやおれぬ!」

その言葉にアキトは、ガクリと肩を落とした。

諜報目的で滞在する魔物対策のための法案であることは、アキトも理解できた。だが、このままでは人と魔物の溝は深まる一方だ。

アキトが表情を変えたことに気を良くしたのか、エレンフリートはニヤリと笑みを浮かべ、続ける。

「貴様があのスライムとの主従関係を放棄しなければ、貴様もこの帝都より追放だ。退学どころの話ではない」

「俺は……」

アキトは言葉に詰まる。

アキトの故郷はこの帝国のある大陸の東の海、大陸や島を超えた場所にある。

帝都とそこまでの海路はただでさえ荒れているし、近年は海賊活動も活発だ。当然、船賃は膨大なものとなる。

稼ぎもなく、仕送りもないアキトは、帰りの船賃すら用意できないのだ。加えて、学校を出るということは、住処も食事もなくなるということ。

しかし、アキトはリーンを失いたくなかった。

「俺はリーンを捨てません……」

アキトはこうして軍師学校と帝都を出ていかなければならなくなった。

一章一話　軍師、仕官先を探す

「職業安定所はこっちだったかな」

軍師学校を退学させられたアキトは、帝都の職業安定所を目指していた。

アキトは、そこで仕事を探そうと考えていたのだ。とにかく仕事を見つけなければ、生きていけない。

帝都の職業安定所であれば、帝国全土の求人情報が集まる。

どこか地方で良い仕事があれば、そこで金を稼いで故郷に帰ろう。そう思うアキトであったが、一つだけ心残りがあった。

それはリーンハルトやアリティア達友人へ、一言も別れの挨拶が出来なかったことだ。

特にリヒトとアリティアとは、幼少時からの付き合いの三人。アキトが十歳になって軍師学校に入る前から、親しい間柄であった。

どこかで手紙でも書かなければ、とアキトは心の中で呟く。

その時であった。

「えい！　この魔物風情が！　おとなしくしろ!!」

怒声を上げたのは帝都の衛兵だ。

衛兵が三人がかりで、身なりの良いゴブリンを取り押さえている。

「私は、帝国市民権を持つ者だぞ！　何故帝都から出ていかなければならん!!」

「黙れ、この下等生物!!」

衛兵はそう言って、ゴブリンの頭を棍棒《こんぼう》で叩く。気絶したゴブリンはそのまま馬車に乗せられ、帝都の外へ運ばれていった。

「ここはもう俺達のいる場所じゃないな……」

アキトはそう呟いて、胸にぶら下げた麻袋を撫《な》でる。中にはアキトの師匠であるスライムのリーンがいた。

――自分達も、早くこの帝都から出ていこう。

アキトは、早足で歩いた。

※

職業安定所は、結構な人で溢れていた。皆、掲示板の前で良い求人がないか探している。

アキトも早速群衆をかき分け、膨大な求人に目を通した。

「帝都じゃなくて、地方の仕事は……あった。ここだ」

城壁作りの作業員、補給物資を輸送する馬車の御者……時世を反映してか、戦争に関する仕事が多いようだ。

どれも月の給金は帝国人の平均月収を超えているが、命の危険を考えれば安すぎる仕事だ。できれば、アキトは学校で学んだことを活かせる仕事に就きたかった。

とはいえ今は、仕事を選べる状況ではない。適当に南部の城壁建造の仕事に目を付けた。

「集合場所は南部の都市プーラか」

アキトは集合場所を覚えると、職業安定所を出ていった。

適当に船賃を稼いで、故郷へ帰ることにしよう……。

「アキト！　アキト、待って！」

アキトはその呼び掛けに振り向く。

そこには、幼馴染のアリティアが長い黒髪を乱して駆け寄る姿があった。

「アリティア?!　何でこんな場所に?!」

「はあ、はあ……あなたこそ何で、何も言わずに行っちゃうのよ」

アリティアは護衛も連れず、ただ一人でここまで来たようだった。

「……ごめん、アリティアやリヒトには一言挨拶したかったよ。でも、三十分以内に寮の部屋を片付けて、出ていけって、学長に言われたからな」

「本当、最低な男ね。自分の策が失敗を招いたからって、アキトに当たって。ああいうのを老害っていうのよ」

「まあまあ。ああやって過去の栄光を忘れられないんだ。どっちにしろ俺にはこの師杖しかなかったから、特に困ることもなかったし」

「何がまあまあよ。おかげで私もリヒトも、こうやって帝都を探し回る羽目になったのよ。リヒトは今どこかしら……それで、アキト。これからどうするつもりなの？」

「アリティア達と離れるのは寂しいけど……俺はリーンを失いたくない。適当に仕事して、故郷に帰るよ」

「そう……そうよね」

アリティアは、がくんと肩を落とす。引き留めたかったが、初めての師駒の為と言われては何も言えなかった。

「それで……仕事は見つかったの？」

「南部の城壁建造の仕事だ」

アリティアはアキトの言葉を聞くなり、制服の胸ポケットから紙を取り出す。

「アキト、人には得意な仕事があるわ。アキトは腕っぷしが弱いわけじゃないけど、もっとあなたを必要としてる仕事がある」

そう言ってアリティアは、アキトに紙を渡す。

「何だこれ？」

「私の遠い親戚宛の手紙よ。これを持ってアルシュタートまで行きなさい。領地は荒れているけど……アキトなら、力になれるはずだわ」

アリティアは自分の親戚であるアルシュタート大公に、アキトを軍師として雇ってくれるよう手紙を書いていた。

アルシュタート大公……大陸の東海岸中央に位置するアルシュタート州を治める領主であった。その領地は広大で、昔は豊かな地であった。しかし、北と南の魔王軍に攻められ、今では荒廃しているという。

アリティアの親戚となると、アキトも一応は遠い親戚となる。

「ちょっと待て、アリティア。俺はまだ誰かの軍師になれるような」

アキトがそう言おうとした瞬間、衛兵が叫んだ。

「魔物の反応があるぞ！　近くを探せ！」

「まずいわ、探知魔法を使う衛兵がいる。アキト、早く逃げて！」

衛兵の中にローブを被った男がいる。帝国軍の魔導士で、探知魔法を使い魔物を探しているのだ。

「アリティア……ありがとうな。リヒトにもそう伝えてくれ」

「礼なんかいらないわ。……だから絶対、また三人で会いましょう。行って、アキト！」

「ああ、必ずだ！」

アキトがそう言い残して帝都の東門へ向かうと、一人の衛兵が呼び掛ける。

「待て！　そこの軍師学校の制服を着た者！」

「お兄さん！　何か用かしら？」

衛兵の前にアリティアが立ち塞がる。

「君じゃなくて……あ、アリティア殿下?!　失礼しました!!」

「いいのよ。彼は私の使い。怪しい者じゃないわ」

「ははっ。かしこまりました」

アキトは救いの手を差し伸べてくれたアリティアに、心の中で深く感謝するのであった。

そしてアリティアとリヒトと必ず再会することを誓った。

※

かくして帝都の東門を出たアキトとリーン。

アルシュタートまでは真っすぐ東へ街道が続いているので、それを進んでいけばいい。それに街道沿いには、必ずと言っていい程、宿場町があった。

アルシュタート大公領の州都アルシュタットまでは、帝国郵便や伝令の馬なら三日もかからない。

しかし、人の脚なら半月はかかる距離だ。

途中、巡礼者用の無料の宿で夜を越しながら、アルシュタートを目指す。

帝都からは大分離れたので、リーンは麻袋から出てアキトの隣を進んだ。

「大丈夫か、リーン？」

アキトは時折、リーンを気遣った。しかし、リーンはその度に大きく体を動かして頷くだけだ。

「丁度、三分の二は歩いた。もう少しの辛抱だから頑張ってくれ、リーン」

だが、アキトには心配事があった……

※

帝都を出て十二日目、アキトとリーンは再び、アルシュタートへ向け宿を発つ。

「やっぱり、大分道が変わってきたな」

街道の石畳が所々陥没していることに、アキトは気が付く。

それだけじゃない。廃墟と廃村、人の手が入らなくなった田畑が目立つようになってきた。

昨日までの道は、綺麗に整備されており、多くの人が行き交っていた。

だが、今アキト達とすれ違う者は誰一人現れない。そればかりか、街道を巡回している軍団兵の姿すらないようだ。

アキトも知っているように、東海岸はここ何十年の戦乱で荒廃していた。帝国と南魔王軍が休戦していた時も、北と南、北と帝国が互いに争っていた地域だ。

帝国の国土は北と南に大きな山脈を抱える。その山脈を境に、北南の魔王領と国境を接していた。それ故、北と南の魔王軍が互いに争う時は、大陸中央を避けなければいけない。

つまりは必然的に、山脈で遮られていない東海岸と西海岸が主戦場になるのだ。

ディオス大公率いる南部方面の帝国軍は、うまくこの地形を利用した。南山脈の小さな山道を封鎖して、南から南魔王軍を入って来られないようにしたのだ。

だがそれは、アキトが向かう東海岸にますます南魔王軍が殺到する事を意味していた。

先程アキト達が発った宿のある街は、帝国東部方面の防衛線の中心。

その東側は、帝都の人間からすれば正に化外《けがい》の地であった。ここは一応、アルシュタート大公の領地でもある。だが、案の定手入れや管理が行き届いていないようであった。

アキトは難しいことを考えながらも、アルシュタットへ進んでいく。

野盗が襲ってこないとも限らない。早く到着したい一心だった。

しばらく歩いていると、アキトの耳に騒音が聞こえてくる。音の方へと目を向けると、そこにはゴブリンに追われる帝国兵の姿が。

帝国兵一人に対し、ゴブリン三体。帝国兵が圧倒的不利な状況であった。

アキトはすぐに刀を抜き、リーンへ命令する。

「リーン、奴らの足を止めてくれ！」

リーンは跳ねながらゴブリンの方へと向かい、アキトもそれを追うように足を走らせる。

ゴブリン達は向かってくるアキトに気付くと、標的を兵士から変えた。槍を構え、迎え撃とうとする。

だが、突如先頭のゴブリンがドサッとこけたので、アキトはすかさず刀を振り下ろした。

二体目のゴブリンも同様に足を取られ、切り伏せられる。

三体目のゴブリンは、兵士によって背中から帝国兵の剣で切り倒されていた。

アキトと帝国兵はふうっと一息吐くと、互いに剣を鞘へ納めた。

「助かったよ。君、強いんだね」

「それほどでも。帝国軍の方ですか」

「ああ、僕は第八軍団所属で、フェンデル村の防衛隊長エリックだ」

「その隊長さんが、どうして魔物に？」

「僕は軍団本部から村へ帰る途中だったんだ。そこをあの魔物達に襲われてね」

隊長はそう言って、何か嫌なことを思い出したように頭を抱えた。

「そうだ、このままじゃ、北魔王軍に村が……」

「どうかしたのですか？」

アキトは困ったような隊長へ、声を掛けた。

「実は、北魔王軍の小規模な一団から村が襲撃されていてね。手勢では足りないから、本部に増援を要請したんだが、今はどこも人手がなくて……」

「断られたということですね」

隊長は、無言で頷く。そしてすぐにアキトの両手を取って懇願《こんがん》した。

「君、なかなか強いみたいだし、村の防衛を手伝ってくれないか?! 報酬は弾むよ！」

「え？ それはもちろん。俺は帝国の軍師なので、軍の要請があればお手伝いしますよ」

アキトは隊長に、さも当然とばかりに答えた。

軍師協会に登録している軍師は、軍からの要求があれば、可能な限り召集に応じなければならない。

そうでなくても、アキトは誰かのため役に立ちたかったのである。

隊長は目を輝かせた。

「軍師?! 本当かい?!」

「え、ええ……まあでも、F級ですが……」

「何級だかなんてどうでもいい！ 手を貸してくれ！ さあ！」

強引に手を引く隊長。

アキトはその必死さに困惑しながらも、内心嬉しかった。自分が必要とされていることが。

「はい！」

アキトは隊長に手を引かれるまま、フェンデル村に連れていかれるのであった。

一章二話　軍師、村を救う

アキトとリーンが連れてこられたフェンデル村は、小さな家が三十軒程の村だ。人々は狩猟と木こりで生計を立てていた。

アルシュタート大公の領地ではあるが、大公の兵ではなく、帝国兵が駐屯していた。というのも、この村は州都アルシュタットからは遠く、第八軍団の本部の方が近いからだ。

また、大公の兵は少なく、このフェンデル村を最後にアルシュタットまでの街道沿いに人の住む村はないという。

守備兵は隊長エリックを筆頭に、わずか十人。

それに対し、隊長の話によれば、魔物の数は三十体以上だという。

ゴブリン達は、つい先日近くの洞穴に拠点を作っていた。

以前にも観測されたゴブリン達の行動からすれば、近くの村へ攻撃する兆候であった。

これを知った村人達はひどく狼狽し、帝国兵達に何でも協力すると申し出た。

村人は総勢百人、老人と子供を抜いた成人は、六十人程だ。

「戦力差は、実質三倍というわけですね」

隊長の話をまとめるとこうだ。

魔物は恐らく北魔王軍の一団と思われる。全てがゴブリンで構成され、皆、石の槍と投石で戦うという。

北魔王軍は南魔王軍と比べ、人間のような精巧な武具は造れなかった。そして組織で行動することはできず、その場にいる一番身分の高い者の声に従うという社会であった。

つまりは、南魔王軍と比べれば罠に嵌めやすい。

アキトは戦略を練り始める。

まずは、落とし穴を掘るという手を考えた。だが、魔物はいつ襲ってくるか分からない。設置が間に合わない恐れがあった。

では、家に籠《こも》り、窓から攻撃をするか。それも駄目だとアキトは首を振る。

東部の村は林業が盛んなこともあって、住民の家はどれも燃えやすい木造だ。ゴブリンに焼き討ちされる可能性があった。

——何にしろ、兵が少なすぎる。敵の虚を突くにしても、戦力を少しでも増強できないか？

アキトは頭を捻る。

「……そうだ」

何かを思いついたようにアキトは口を開くと、自分の胸ポケットにしまっていた黄色い石を取り出した。

セケムとエルゼとの決闘にリヒトと共に勝利し、得た石であった。

これで自分の師駒を増やせば、とりあえずの戦力増強になる。

隊長が興味深そうに訊ねた。

「アキト君、それは？」

「師駒石です。これで仲間を召喚できるんです」

「へえ？　噂には聞いてたけど、軍師は面白いものを使うんだねえ。そこのスライムも君が召喚したのかい？」

「え、リーンは……まあ、そんなところです」

アキトは、隣にいたリーンを撫でてそう答えた。

そして早速その師駒石を、自分の師杖である刀で叩こうとした。

こうやってアキトが師駒石を使うのは、入学式のあの日以来。

だがその日、師駒石は偽物なのか、使用済みなのか、師駒を召喚できなかった。

師駒を召喚して、その出会いを喜ぶ軍師学校の生徒達。アキトはただそれを見ているしかなかった。

しかし、アキトには今リーンという師駒がいる。それでも、師駒石は貴重品。自身が行う初召喚とあって、身の引き締まる思いがした。

アキトが、ゆっくりと刀で師駒石を叩くと、目の前に光の柱が現れる。

しかし随分と大きい光であった。アキトの背丈の三倍はある。光が収まると、アキトは思わず顔を上げた。

「師魔石だったか。ゴーレム……それにしても、でかいな」

師駒石は、魔物が召喚される師魔石であった。

セケムは勝負に負けた時、人間が使いたがらない師魔石をアキトに渡したのだ。だが、アキトにとってはそんなことはどうでも良かった。魔物の強さを認めていたからだ。

そしてアキトが召喚したのはゴーレムだった。それも通常のゴーレムよりも巨体の。

隊長や兵士、村の者達はその威容に思わず目を見張った。

「で、でかいね」

隊長は、相手が魔物ということもあり、襲ってこないか心配のようだ。

「魔物であっても、師駒は人を襲わないので大丈夫です。今から情報を見てみます」

アキトはすぐに手帳を取り出し、ゴーレムの情報を写しだす。

「D級のルーク。……すごい技能ばかりだ」

ルーク。能力的には、ポーンをより防御重視にしたクラスだ。防御能力だけに限れば、格上のナイトに匹敵する例も珍しくなかった。

「周りの腕力を上げたり、石工術にも長けているようだな」

戦闘も内政もこなせる強力なゴーレム。アキトは強い味方を得たと喜ぶ。

「俺はアキトって言うんだ。よろしくな、ゴーレム。……いや、ゴーレムは失礼だな。名前は少し考えさせてくれ」

アキトの声に、ゴーレムは大きく腕を上げた。

まさか怒っている？　とアキトは不安になるが、ゴーレムは、腕で自分の胸を叩く。言葉がつかえないので身振りで応えただけだった。

「このゴーレムがいれば、小さなゴブリンなど一捻りだ！」

隊長は上機嫌だが、アキトはまだ戦略が固まらない。

「このゴーレムなら、確かにゴブリンの攻撃も防ぐでしょう。ですが、非常に足が遅く、村の皆さんを守るには機敏さがない……守り手が少ないことには変わらないのです」

アキトは再び戦略を練る。

——ここは東部の一般的な村。あるのは丸太と道端に落ちている岩だけ。

「……うん？　そうか！」

「アキト君、良い考えが浮かんだみたいだね？」

「ええ。早速、提案させてください」

アキトと隊長は、兵や村人を集め、すぐに戦略会議を行うのであった。

※

ゴブリンたちの襲撃は、意外にも早くやってきた。アキトが村に来て、次の日の昼頃だ。

三十体程のゴブリンが、我先にとフェンデル村へ押し寄せる。皆、ばらばらに進んでおり、統率は取れていないようだった。

そのゴブリン達に、十数本の矢が突如浴びせられる。

だが、この攻撃で殺されるゴブリンはいなかった。

ゴブリンの隊長は、果敢に進めと命令しているようで、ゴブリン達の速度は落ちない。

しかし、行く手を阻むように、丸太と岩が積まれた塁壁《るいへき》が現れた。人の背丈ほどの高さの壁を、ゴブリン達が必死に登る。

やっと登ったゴブリンの頭上に、村人達が容赦なく矢を浴びせかける。彼らは狩猟を生業としていたので、動きの鈍い標的を射止めることは容易であった。

「どんどん撃て！　これなら、鹿よりも狙いやすいぞ！」

村人の一人がそう言って、他の者達に攻撃を促した。

何とか射撃を逃れたゴブリンは、アキトの師駒になったゴーレムが腕で塁壁の外へ吹き飛ばす。このゴーレムは石や丸太を軽々と持ち上げることができ、周りの者の腕力を上げる技能を有していた。加えて、ゴーレムは人間と違い睡眠や休憩の必要がない。この一夜で築かれた塁壁は、ゴーレムの働きによるものだったのだ。

これを受けて、ゴブリン達は何とか壁を登ろうとする者、どこか入り口を探そうとする方の二手に分かれる。

十体程のゴブリンが、ちょうど村の裏側で塁壁の切れ目を見つけ、そこからなだれ込もうとした。

そこに、帝国兵の隊長エリックの声が響く。

「今だ！　ゴブリンどもを挟み込め！」

ゴブリン達は入り口に踏み入った瞬間、両側の塁壁に隠れていた帝国兵に挟まれてしまった。

何とか応戦するが、三方を囲まれては分が悪い。

アキトとリーンも加勢すると、残り三体となったゴブリン達は、這《ほ》う這《ほ》うの体で村の外へと逃げていくのであった。

「よし、このまま村の表側に回り、壁を登るゴブリンを掃討するぞ！」

「「おう‼」」

皆、隊長の声に応え、その後へ続く。戦いは半時と掛からず終わった。

ゴブリン達は、二十体以上の死者を出して敗走。一方のフェンデル村の住民と兵達は、負傷者こそ出たが、誰一人死ななかったのだ。

塁壁の外と内側で被害を確認したアキトは、戦果に胸を撫で下ろす。

隊長はそんなアキトの肩を、後ろからポンと叩いた。

「アキト君、やった！　やつらを追い返したぞ！」

「はい！　ここまで上手くいくとは、思ってもいませんでしたよ」

振り返ったアキトも、喜びを露にする。

自分の戦術で、村を救えたことがこの上なく嬉しかったのだ。

そこに一人の帝国兵がやってきた。

「隊長！　敵のゴブリンの一体が、死んだ後に姿を消しまして……こんな綺麗な石が残っていたのです」

「うん？　何か宝石かな？　あ、これはもしかしてアキト君が昨日持ってた」

「そうですね、魔物の師駒が遺す師魔石で間違いないでしょう」

アキトは頷く。

「そうか……じゃあ、これは君がもらってくれ」

「え？　でも、師駒石程ではないにしても、それなりに売れる物ですし……」

「いや、これは君が受け取るべきだ。君みたいな人がこれを受け取ってくれたら、また誰かを助けてくれるかもしれないだろ？」

隊長はにっこりと笑った。アキトは、まるで軍師はそうあるべきだと言われた気がして、頷き黄色の師駒石を受け取る。

「ありがとうございます。これは、大事に使わせてもらいます」

「うんうん、それがいい！　村の人達も、君に感謝の言葉を伝えたいらしい。すでに祝宴の準備をしているらしいから、僕たちも行こうじゃないか」

「はい！」

日が暮れる中、アキトは自分の師駒と共に、祝宴に参加するのであった。

※

ゴブリンを退《しりぞ》けた次の日、アキトとその師駒達は、フェンデル村を出る準備をしていた。

アキトは、机に置かれた師駒石に目を移す。これからの道中も魔物がいるかも分からない。ここはもう一体師駒を召喚しようかと迷っていたのだ。

だが、アキトは師駒石のもう一つの使い道を思い出す。

それは師駒石を消費して、師駒に新たな技能を獲得させたり、能力を向上させること。もちろん、無限に強化できるわけではなく、必ず技能を獲得できるとも限らない。だが、最初の強化では必ずと言っていいほど何かしらの技能を獲得する事が知られていた。

鍛錬や経験を重ねることでも師駒は能力を上げていくが、技能となるとなかなか難しい。だから、リーンかゴーレムに師駒石を使うのもいいかもしれない。

それに、アキトは師駒を使い捨ての駒ではなく、大事な仲間と考えていた。だからこそ、師駒達の働きに何かの形で恩を返したいと思っていたのである。

「よし……リーン、こっち来てくれ」

アキトはリーンの体の上に師駒石を置いて、師杖をかざした。

ゴーレムとどちらに師駒石を使うか迷ったアキトだが、技能を一つも持ち合わせていないリーンに使うことを決めた。

アキトが師杖で師駒石を叩くと、小さく光が弾けた。

「成功だな。早速、能力を見てみよう」

アキトが師杖で手帳の一ページに触れると、手帳にはリーンの情報が浮き出てきた。技能の欄には、帝国文字ではないぐにゃぐにゃの単語が二つ追加されている。

「見たことない文字だな？　魔族特有の技能で、人語に翻訳できないのか」

「はい、アキト様！」

「え?!　リーン、お前喋れるようになったのか？」

「はい！　アキト様と同じように、言葉を喋れるみたいです！」

「なるほど……魔族の技能には、言語関係もあるのか」

アキトは手帳の文字を見直した。

「こうしてリーンと話してみたかったんだ。これからも、よろしくな！」

「はい、アキト様！　命に代えても、アキト様をお守りします！」

こうして、リーンは人語を操る技能を得たのであった。

アキト達がフェンデル村の入り口に到着すると、隊長はじめ村人が総出で見送りに来てくれた。

祝宴では、ずっとこの村に居てくれればいいのにとも言われたが、アキトはアルシュタート大公の軍師になる旨を伝え、丁重に断った。

隊長と村人達は改めて村を救ってくれたこと、塁壁を残してくれたことに感謝の言葉を送ると、笑顔でアキト一行を見送った。

「アキト君、大公閣下の軍師、頑張れよ!!」

この村の為にも、自分はアルシュタート大公の元、軍師として精一杯働こう。アキトはその決意を胸に、州都アルシュタットを目指すのであった。

一章三話　軍師、真に仕えるべき君主と会う

「見えてきたな」

「はい、アキト様。とても美しい景色ですね」

アキトとリーン、そしてゴーレムは街道を超え、アルシュタート州を見渡せる丘へと来ていた。

北と南に延々と続く白い砂浜。そして美しいマリンブルーの海とサンゴ礁。

まさに絶景と言うべき景色が、アキト達の目の前に広がっていた。

だが少し視線を落とすと、そこには廃墟や荒された田畑、戦争で傷ついた人里が眼下に広がっていた。

「アルシュタートの首都、アルシュタットは……あそこだな」

アキトが視線を向けた先には、半壊した城壁、それに囲まれたオレンジ色の屋根の家々があった。

その沿岸から少し離れたところに大きな島があり、その周りをいくつかの小島が囲んでいる。

この大きな島はアルス島と呼ばれ、帝国の建国神話の舞台でもある。

最初に水が湧き出した場所とも伝えられ、その水は体を癒す力があるらしい。面白いことに、実際にこの島の中央に小高い丘があって、そこから綺麗な水が湧き出る湖があるということだ。

湖から流れる水は、川となって海に注がれている。島と大陸沿岸の間は、潟湖《せきこ》になっているようだ。

「リーン、ベンケー、あの街が見えるか？」

アキトはそう言って、アルシュタットを指さす。

「あの家が密集しているとこですね」

リーンは言葉で、ベンケーと呼ばれたゴーレムは腕で胸を叩いて答えた。

フェンデル村で召喚したゴーレムを、アキトはベンケーと名付けた。

ベンケーというのは、アキトの出身地ヤシマに伝わる神話上の偉人。ヤシマでは、大柄な男に育つよう願ってよく付けられる名だ。

「よしよし、じゃあ出発しようか」

「はい！」

アキトの声に、リーンとベンケーは元気良く応じた。

アキト達はアルシュタットまで街道を下っていく。

幸運にもアキト達は何ごともなくフェンデル村からここまで来れた。

さすがに都市の近くになったので、野草や木の実を運んでいる者が街道に現れる。

だが、皆農具もなければ馬も手押し車も持っていない。とても農業のできる環境ではないのだろう、とアキトは道行く人達を見て思った。

※

アルシュタットの城門には扉すらなく、城壁は穴だらけでその役割を全く果たしていない。城壁の白い漆喰《しっくい》が剥がれたところからは、レンガや石材がところどころ顔を出している。

城門をくぐると、中はさらに悲惨だった。道端で眠る者、どう見ても売れないガラクタで商売をする者。滅ぼされた付近の町や村から逃れてきた人々であった。

小道のいくつかの建物は廃墟と化している。

アキト達は、ボロボロの大公旗が翻っている場所を目指す。

その下に大公のいる屋敷があるはずだからだ。

道中でアキトが気になったのは、町を守る兵士である。

正門を守る兵士は帝国軍の兵ではなかった。鎧に彫られた白竜の紋章からするに、大公の衛兵だろうとアキトは考えた。訓練が行き届いているのか、皆真面目に見張りをしている。魔物を警戒しているのか、ベンケーをじろじろと見ていた。

だが、一州都を守る衛兵としては、あまりに数が少ない。

一方で、市街に多くいる武装した者達にも気が付く。

彼らは皆、自前で調達したような鎧と武器で、冒険者や山賊とそう変わらない装備である。昼間から酒を飲んでいて、この兵士達からはやる気とか義務感を感じられない。

彼らは傭兵だと、アキトはすぐに理解した。

帝国軍が駐屯してない以上、領主は自分の領地で兵を用意しなければならない。

そこで傭兵で数合わせをするという選択に至るのは、何も珍しい事ではなかった。

「皆さん、何か疲れているようですね」

「ああ、ここは帝都と違って何年も戦争に悩まされているからな」

アキトはリーンにそう答えた。

とはいえ、ディオス大公が南部の山道を閉じた今、ここはもっと悲惨な目に遭う可能性が高い。

そうしている内に、アキトはアルシュタート大公の屋敷に着いた。

「……これが屋敷？」

アキトは思わずそう漏らした。白竜の描かれた大公旗の下には、庶民の家と言って差し支えない建物があった。

これは間違えたかもしれない。だが、大公旗の下でないなら、屋敷はどこだろうか。

アキトはとにかく、この住居の人間に屋敷の場所を訊ねることにした。

ごんごんと住居のドアを叩くが、反応はない。

だが、もう一度叩こうかと思った瞬間、ドアがギイっという音を立てて開いた。

「すいません、お訊ねしたいのですが……っ！　大丈夫ですか?!」

ドアが開いた瞬間、老齢の男性がばたりと倒れる。

すぐにアキトはその白髪の男性を受け止めようとするが……リーンが体を広げ、男性を布団のように受け止める。

「リーン、悪いな」

「いえいえ、こんなことでしかリーンはお役に立てませんから」

「どなたかいらっしゃいませんか?!」

アキトは家の中へ声を掛けるが、一向に返事がない。

「アキト様、とりあえずこの男性をベッドへ運びますね」

「ああ、頼むよリーン。ベンケー、しばらく外で見張りを頼むぞ」

家には質素な家具が置かれている。やはり、大公の屋敷とは思えない。

「アキト様、どうやらあちらが寝室のようです」

「お、そうか。すぐ寝かせてあげてくれ。回復魔法を掛けてみる」

アキトの言葉に「はい」と答えると、リーンはベッドの前で止まった。そしてその体をぐっと伸ばして男性をベッドへ寝かせる。

「完了しました、アキト様」

「ありがとう、リーン。早速、魔法を……治ればいいんだが」

アキトは男性に手をかざして、回復魔法をかけた。アキトの手の光が男性に移る。

「……うっ」

「大丈夫ですか?!」

アキトは意識を取り戻した男性に、更に回復魔法を掛ける。

「……だいぶ楽になりました。ありがとう……ところであなたは?」

「自分はアキト・ヤシマ。皇女アリティア殿下から手紙を預かっております」

アキトがそう言って手紙を渡すと、男性は頭を下げてそれを読み始めた。

「……なるほど。確かに軍師の依頼はしておりました。ですが、まさか本当にこのような土地に来られる方がいるとは」

男性は手紙を閉じると、アキトの目を見て口を開いた。

「申し遅れました。私アルシュタート大公の執事、リベルトと申します。このような場所までお越しいただき、感謝申し上げます」

「いえいえ。しかし、自分のような者に軍師は務まりましょうか？」

「あなたはまだお若い……失礼ながら、通常であればもっと他の人材も見て判断したでしょう。しかし、このアルシュタートの民は困窮しきっている。ですから人を選んでいる時間はないのです。……私に残された時間も、そう多くはない」

寂しそうな顔をするリベルトに、アキトは自分が力になると声を掛けようとする。

「リベルトさん」

「大公閣下からは爺《じい》と呼ばれておりますので、アキト殿も爺と呼んでくだされ」

「分かりました。爺、俺で良ければ、何でもお手伝いします」

「ありがたい。早速だが、現在この街は……げほっ」

爺は再び咳込んだ。手で押さえているが、血を吐いているようだ。

「大丈夫ですか?!」

「お気になさらずアキト殿。時間はまだ少しだけ残っておりますゆえ」

爺はそう言って、ベッドの横にある棚から袋を取り出した。

「ご自身の報酬は、大公閣下と直接相談してお決めください。そして、軍師になられる方にはこれをお渡しする予定でした」

アキトは爺から、袋を受け取る。中には二つ石が入っているようだ。

「……アキト殿。私は目先の安泰のために、この街に悪魔を呼んでしまった。どうか、スーレ様をお守りくだされ」

「……悪魔ですか」

「あのような者をこの街へ呼んでしまうとは……エリオ様、申し訳ございません。私が愚かなばかりに！」

「少しお休みになってください。まだ完全には治りきってないようだ」

アキトはそう言って、爺に布団を掛ける。すると、爺はゆっくりと頭を枕に乗せ、眠りについた。

「そうとう衰弱してるな。あまり長い時間話すのは良くないだろう」

アキトは再び、爺に回復魔法をかける。

「そうですね。ところで、悪魔というのはなんなんでしょう？　スーレ様というのは恐らくはアルシュタート大公の事でしょうが」

「だろうな……大公に会うのもそうだが、少し街を調べる必要がありそうだ」

「では、また外へ出ましょうか？」

「ああ、そうしよう」

アキトが外へ出ようとするとドアがバタンと開く。

部屋に入ってきたのは、小さい銀髪の少女だった。

背中まで伸びた髪は絹のように白く、くりっとした目は金細工のような輝きを放っている。着ているのは、町民の着る安いドレスのようだ。

その銀髪の少女は、何やら赤い髪の女の子を背負っているようで、息を切らしている。

「はあ、はあ、お兄さん……」

「ご、ごめん、俺は決して怪しい者じゃないんだ！　これには訳が」

「お兄さん！　この子を助けるの手伝って!!」

これがアキトと、アキトが仕えることになるスーレ・アルシュタートとの出会いであった。

一章四話　軍師、何でも屋さんとなる

「この子、大丈夫かな？」

銀髪の少女は、赤髪の女の子を心配そうに見つめる。

「薬を飲んで寝れば治ると思うよ。多分ただの風邪だ」

アキトは銀髪の少女にそう答え、赤髪の女の子の上半身を少し起こして、薬を飲ませる。

魔法医でも神官でもないアキトは、基本的な回復魔法しか抑えていないし、医学の知識があるわけでもない。だが、一応軍師学校では、疫病の見分け方等も学んでいた。

——風邪でまちがいない……。

アキトは、銀髪の少女へ訊ねる。

「この街に神官や魔法医……いや、回復魔法を使える人はいないのかい？」

この程度の容態、回復魔法とちょっとした薬があればすぐ治せるからだ。

「もちろんいるよ！　十人ちょっとぐらいかな。だけど皆すごい忙しくて、とても全員を診れないの」

「十人か……専門的な医者はもっと少ないってことだな」

この街の人口をアキトは把握しているわけではない。

だが、道中すれ違った人を見て、この街の人々の健康状態が悪いということは分かった。

まずは帝都の市民のように太っている人間が、皆無だということ。

ただそれだけなら珍しくない。だがアキトの前の赤髪の女の子、それに道中見かけた人は皆、病的なまでにやせ細っていた。

アキトの隣にいる銀髪の少女も、そこまでではないが随分と細い。

畑が壊滅しているので、主食の小麦も獲れないのだろう。目抜き通りを通っても、パンの焼ける匂いが全くしなかったことを思い返す。

加えて街道で見た人々が運んでいた物も、ほとんどが木の実や野草。それらがこのアルシュタットの人々の主食で、良くて魚が手に入るぐらいなのだろう。

「ところで、お兄さん……誰？　この街の人じゃないよね？」

「ああ、ごめん。言い忘れていたね。俺はアキト。帝都からアルシュタート大公の軍師になるためにここに来たんだ」

「軍師？　それ何？」

「何、と言われると難しいな」

相手は子供。

軍師とは、戦闘、内政等、幅広い分野で為政者《いせいしゃ》に助言、献策し、場合によっては代行、指揮官を務める者。

……などと言っても通じる訳ない。

「そうだな……何でも屋さんって言えば分かるかな？」

「何でも屋さん？　じゃあ、スーレの言うこと何でも聞いてくれるってことだね！」

「そういうことになるかな……ん、スーレ？　そうだ、そのスーレさん、アルシュタート大公に会わせてくれるか？」

「スーレはわたしだよ！」

「え？」

アキトは思わず声を漏らした。銀髪の少女は、アキトを見て不思議な顔をすると、大きく息を吸って。

「わたしこそがこのアルシュタットの領主にして、アルシュタート大公スーレ！」

銀髪の少女は元気な声で自己紹介した。言い終わると少し恥ずかしそうにして、両手を腰に胸を張って続ける。

「……えっへん！　偉そうでしょ！　お爺様達の真似だよ」

アキトはそれを見て驚いた。まさかこんな小さな少女がアルシュタート大公だとは。

「き、君、何歳なの？」

「わたしは十歳だよ。アキトは？」

「俺は十五歳だけど……」

自分も軍師としては相当に若い。だが目の前のスーレは、子供としか言いようがない年齢だ。

お父さんは、と聞きそうになった。だが、先程の爺の言葉を思い出す。

きっと何らかの理由で死んでしまっている。こんな小さな子にそれを聞くのは酷だ。

「スーレ。いや、大公殿下」

「スーレで良いよ！　何、アキト？」

「これから俺は……君の何でも屋さんだ」

こうしてアキトは、スーレに仕えることになった。

およそ主君と軍師のむつかしい契りとは思えない、この光景。

だがこれが、後に繁栄を極めるアルスの運命を決めた出来事になったのである。

※

スーレはこの街の偉い人に会わせると言って、アキトを邸宅から連れ出していた。

きっとスーレの後見人のような人だろうと、アキトは思った。

「こっちだよ！　アキト、こっち！」

「待ってくれ！」

アキトはスーレを追う。

足には自信があったアキトだが、スーレには追いつけない。

痩せているのに何という健脚だ……この山がちなアルシュタットを同じぐらいの背丈の女の子を背負って歩けるのだから、それもそうかと納得する。

「アキト様、私に乗っていかれますか？」

アキトの少し前にいたリーンが、青い身体をプルプルと震わせ、体の一部をアキトの手に伸ばす。

「ありがとう、リーン。俺は大丈夫だ。そうだ、俺よりベンケーは……」

アキトが後ろを振り向くと、地鳴りのような音を響かせてその巨体を動かすベンケーの姿があっ

た。

道行く人たちは皆、自分たちの三倍も背丈が高いベンケーを見上げて驚いている。

小さい子供達はそんなベンケーに興味津々なのか、後ろから群を成して付いていっているようだ。

「ベンケー！　ゆっくりでいいからな!!」

アキトの声にベンケーは大きく手を上げて応える。

後ろの子供たちはそれを見て、「「おお」」という声を上げる。

少し広いところに出たら、子供達と遊ばせてやろう。アキトはそう考え付く。

引き続き、スーレを追うアキト。少し小高い場所を登ったところにあったのは、白い柱の並んだ神殿から放射状に広がる広場。この場所こそ、ここアルシュタットの中央広場だった。

だがその美しい広場に広がるのは、横たわる人々であった。

神殿の神官や、修道女が順番に回復魔法をかけたり薬を与えているようだ。

「大司教様！　あの子、ベッドで寝かせてきたよ！」

「おお、大公閣下。ご協力感謝いたします」

スーレにそう答えたのは、立派な白髭を生やした大司教だった。

「うん？　そちらの男の方はどなたかな？」

「アキトだよ！　わたしの何でも屋さんなんだ！」

「ほう……」

アキトは頭を下げて大司教に挨拶した。

「アキトと申します。帝都の軍師学校から参りました」

「ほう、それでは大公閣下の軍師に……ワシは、アルシュタート大司教、マヌエル。申し訳ございません、リボット商会の私兵かと思いましして、睨《にら》んでしまいましたわい」

「……リボット商会?」

「ええ、この街に本拠を構える奴隷商人、いや、くずどもで……噂をすれば来たようです」

大司教は広場で大声を上げる者達の方を向く。

騒いでいるのは槍を持った傭兵達だった。

十人ほどいる傭兵は、一人の女性と一人の女の子を囲んでいる。

親子だろうか、二人とも着ている服はボロボロで、脚はやせ細っていた。

女の子は震えて、母親の脚に引っ付く。

禿《は》げ頭の傭兵が母親を怒鳴りつける。

「……払えないって言うなら、体で払ってもらおうか!!」

「勘弁してください。もうお金はお返ししたじゃないですか! そんな膨大な利息を払う契約を結んだ覚えはありません!」

どうやら借金の問題らしい。

どちらに非があるかは分からない。だが暴力沙汰は防がねばいけない。

「リーン、奴らが手を出そうとしたら妨害を頼む」

「かしこまりました、アキト様!」

リーンはアキトの言葉に応え、するりと移動する。アキトも傭兵に向かって歩き出した。

大司教がそれを見て、アキトを止めようとする。

「あ、アキト殿！　やつらはリボット商会の手先。下手に手出しは……」

アキトは刀の鞘に手をかけた。

「大司教。治安の維持も軍師の務めです。衛兵がいないようですので、お任せを。スーレ、行ってくるよ」

「うん……でも、気を付けてねアキト」

「もちろん。任せてくれ」

アキトは不安そうなスーレに笑って答え、傭兵の元へ歩き出す。

「アキト殿……」

住民達も、傭兵に向かうアキトに視線を向けた。

誰もが口答え出来なかったリボット商会の傭兵。それに逆らうとは、と驚きを隠せないようだ。

「……ぐだぐだとうるせえ！　口答えするんじゃねえぞ！　払えねえならその子供を売ってもらおうじゃねえか！」

禿げ頭の傭兵は、他の傭兵達と一緒に女の子を引き離そうとする。

「待て」

「な、なんだてめえ?!」

「人身売買とは聞き捨てならないな。魔物を取引するのも許可証が必要だし、そもそも人間を取引するのは帝国法で禁止されているはずだが？」

「は、はあ?!　お前、俺達が誰だか分かってんのか?!」

「くずの奴隷商人、その金魚の糞ってことはな」

「うんだとぉっ！　おい！」

傭兵が十人ばかり、アキトに槍を向ける。

「市街地で暴力沙汰を起こすのは、処罰の対象だぞ？」

「ごちゃごちゃとうるせえんだよ！　やっちまえ！」

禿げ頭の傭兵の声で、三人の傭兵がアキトを攻撃する。

アキトは刀を抜くと、その穂先を切り捨てた。

「こ、こいつ！　剣に覚えがあるのか。おい、全員でかかるぞ！」

槍を斬られた傭兵は剣を抜き、他の槍を持った傭兵と共に、アキトとの距離を詰める。

だが一人、いや二人三人と足を滑らせる。

「な、なんだ足がぬめぬめして！　隊長、動けません！」

「何をふざけている！　ええい、不甲斐ない奴らめ！」

禿げ頭の傭兵はそう言って、アキトに突っ込んできた。

アキトは刀の峰を向け、禿げ頭の傭兵の腕、足、頬と打撃を喰らわせる。

禿げ頭の傭兵は打たれた頬を手で押さえ、涙声を上げている。

――やはり、兵などと呼ぶのがおこがましいぐらいに、弱い者達だ。そこらの山賊の方がまだ強いだろう。このままでは防衛戦力としては、まるで役に立たない……。

アキトはいずれ来る南魔王軍との戦いを憂い、肩を落とした。

「い、いてえっ!!!」

「傭兵のくせに殴られたこともないのか？　人を殴るのは慣れているようだが？」

「き、貴様あ！　殺せ！　こいつを殺せ!!」

禿げ頭の傭兵の声に応じて、五人が一斉にアキトへ迫る。

だが、リーンがアキトを支援するように傭兵の足を止める。

おかげでアキトは、敵の武器を狙って落とすことが容易になった。

傭兵が大勢でかかっても、アキトを倒せない。

「た、隊長。こいつは俺らが倒せる相手じゃ」

「っ！　弱音を吐くんじゃない！　相手は一人だ!!」

禿げ頭の傭兵が一喝したその時、頭上を巨大な影が通り過ぎる。

「え？」

思わず冷や汗をかく禿げ頭の傭兵。

岩が砕ける音が、傭兵たちの背後に響いた。

「ベンケー、むやみに投げるんじゃない!!」

アキトはそう叫んで、後ろを振り返った。

アキトの言葉に申し訳なさそうに頭を下げるベンケー。だが、先程から付いてきている子供達は、ベンケーの腕力に歓声をあげる。

ベンケーは、照れ臭そうに岩の頭を掻きだした。

「お、おい、何だよあれ?!」

傭兵の一人がそう言って、ベンケーを指さした。

傭兵だけじゃない。広場の人も皆ゴーレムを見て、驚いている。

「隊長……さすがに」

「ああ、撤退だ！　あんなの勝てっこねえ！　屋敷まで撤退だ！」

禿げ頭の隊長の言葉に、傭兵たちは皆、逃げようとする。

だが、次々と転ぶ傭兵たち。そして、皆上手く立ち上がれない。ぬめぬめとした足場で皆、何度も滑っている。

広場の人達はそれを見て、皆、笑い出した。

傭兵は恥ずかしさで、更に焦って立ち上がろうとするも、すぐに滑ってしまう。

「リーン、もういい。それぐらいにしとけ」

「……これで終わりですか。かしこまりました、アキト様」

リーンはそう言って、地面に広げていた体を一つに戻した。

アキトは傭兵達に告げる。

「アルシュタート大公の軍師として、貴様らに命ずる。今後、この街で商売を行いたいのなら、俺との会談に必ず応ずるようにと頭目に伝えよ。来なければ、軍師としてリボット商会は不法商会と、元老院へ訴え出る。俺はこの広場で待っているぞ」

やっと立ち上がることができた傭兵たちは皆、そそくさと広場の外へ逃げていく。

「お、覚えてろよぉ!!」

捨て台詞を吐いて去っていく傭兵達を、広場の人々は笑いながら見送るのであった。

一章五話　軍師、駒を引く

「ありがとうございます！　私達を守ってくださって」

「ありがとう、お兄ちゃん!!」

傭兵に絡まれていた親子は、去っていくアキトに何度も頭を下げる。

「よくやってくれた!!」

「あいつらのあの顔、見たか?!」

そう声を上げるのは、広場の人々。

アキトに惜しげもない喝采が浴びせられる。人々は皆、リボット家を恨んでいたようだ。

スーレの前で立ち止まるアキト。

「戻ったよ、スーレ」

「すごい……あんなにたくさんの兵隊さんを。アキト、とっても強いんだね」

スーレは驚いたように、アキトを称える。

「一人じゃさすがにきついよ。リーンとベンケーのおかげだな」

アキトはそう言ってスライムのリーンを抱き上げた。

「私などは何も……」

リーンは嬉しそうにアキトの胸の中で、身をくねくねとよじらせる。

「おいおい、そんなはしゃぐなって」

「ねえ、アキト。わたしにも抱っこさせて！」

「おう、いいぞ。リーン、スーレに挨拶だ」

リーンはアキトの言葉通り、スーレの胸元に飛び移った。

「わあ、ぷにぷにして気持ちいい！」

「喜んで頂けたようで何よりです、スーレ様！」

スーレはリーンに頬を擦り寄せ、そのひんやりとした感触を楽しんでいる。

一方のベンケーは子供を頭に乗せたり、腕で持ち上げたりして大忙しのようだ。

このアルシュタットの街で、早くもアキト達は人気者となった。

その中で、大司教一人だけが複雑な表情を見せながら、アキトを称えた。

「……よくやってくださいました、アキト殿。今までは誰も、彼らリボット商会に逆らえませんでした。皆も気が晴れたことでしょう」

「いえいえ、当たり前のことをしたまでです。彼らは法にも神にも背いている。そんなことより、大司教も気になされていることに対処しましょう」

大司教がすっきりとしない顔なのは、アキトには良くわかったのだ。

「ははは、ワシの考えていることが分かりますかな、アキト殿？」

「年を取られた方ほど、思慮深いものですので」

大司教は、リボット商会の報復を恐れていた。

それは大司教が、リボット商会を良く知っていたからだ。

「お恥ずかしい話だが、ワシは年を取らないし、賢くもないのです。何より、思慮深ければワシも爺も、リボット商会をこの街には入れなかったのですから……」

大司教はそう悔やんだ。

「過ぎたことを悔いても仕方ありません。大司教、今はリボット商会の報復を阻止しなければいけません。やつらは、今の一件で更に多くの兵を差し向けてくるでしょう」

「仰る通りだ、アキト殿」

大司教は、リボット商会の頭目リボットという男の事をアキトに包み隠さず話した。

リボットは大陸西岸、その北部の島ルディタニア出身の貿易商。

……と言うのは建前で、魔物、人間、亜人を幅広く取り扱う奴隷商人だ。

帝都の裏社会にもその顔はよく知られているという。

帝国領内では魔物以外の奴隷取引は禁止であったし、たとえ魔物を売買するとしても皇帝の勅許状が必要だった。

リボットは一年前、衛兵が少ない、金もない……戦乱で喘ぐこの街にやってきた。

そこでリボットは傭兵を雇って街の防衛戦力にすると申し出た。その見返りはもはや使われていない街の倉庫の使用権だった。

スーレの後見人、マヌエル大司教と爺はまたとない申し出とリボットの案に飛びつく。

だが、リボットは勅許状もない奴隷商人だった。帝国軍の目が届かず、商売がやりやすい場所。それがこのアルシュタットという街だったのだ。

街の人に気前よく金を貸しては、後で法外な利息を要求する。払えなければ、奴隷として連れ去っていった。

防衛のためと呼んだ傭兵は、大半が昼から酒を飲んでいるような連中だった。酷い者は、街の女性に乱暴を加える者すらいた。治安維持をするどころか、悪化させる要因となったのだ。

大司教と爺はすぐにここから出て行くように告げたが、リボットは、全く聞く耳を持たなかった。リボットは数百の傭兵を雇っているのに対して、アルシュタットの衛兵は千人。

全てのアルシュタットの衛兵でリボット家と対決すれば、勝てそうに思えるかもしれない。だが、正規兵である衛兵は皆、偵察や防衛に手一杯であった。北魔王軍に備えるため、常に北の小さな砦に兵力を配備していたのだ。

そのせいか、治安維持も碌《ろく》に出来ない有様であった。

「そこで帝国軍の派遣と軍師を、都に要請していたのです」

大司教は真剣な面持ちで述べた。まるで罪を告白するかのように。

「そうでしたか。しかし誰も来ずと……」

「ええ、軍隊の方はそうでしょう。しかし、アキト殿。あなたが来てくださいました」

「私などお役に立てるか……いえ、最善を尽くします。大司教、傭兵は数百ということですね？」

「はい。およそ六百から七百といったところです。そしてリボットには、サイクロプスの師駒が一体いるという話です」

「なるほど。それでは、こちらの衛兵ですぐに動員できるのは、何名ですか？」

「多くて……三百というところでしょうか」

「敵は倍。こちらの兵は戦い慣れしているかもしれませんが、戦力を増やしたいところですね」

アキトは、先程爺からもらった石の入った袋を取り出す。

恐らくこれは師駒石。師杖が使える者が来るまで取っておいたのだろうと、アキトは袋から石を取り出す。

「ここは、この師駒石を使わせてもらおうと思います」

「爺から預かった物ですね、少しお待ちを」

大司教はそう断って、神殿の中に行くと、小さな木の机を持って出てきた。

「アキト殿、この上で広げるとよいでしょう」

「ありがとうございます、大司教！」

大司教にそう頭を下げて、アキトは袋から石を机に広げた。

「首飾り？」

アキトは首を傾げる。二つの赤い師駒石が首飾りのように繋がれていたからだ。

「大司教、これは？」

「先代のアルシュタート大公の師駒であった者達の遺品です。立派な師駒石ですよ」

「やはりそうでしたか」

しかし、何故首飾りにしているのか。いや、ただバラけないように、一つにまとめているだけかもしれないと、アキトは疑問を抑えた。

「これは有難い。赤の師駒は、ナイトが良く召喚される。先代とその師駒に感謝して、使わせてもらうとしましょう」

「この日のため、取って置いた師駒石。これを遺した皆も、喜ぶことでしょう」

大司教はにっこりとアキトに微笑む。

「大司教、ありがとうございます。……では、行きます」

アキトは赤い師駒石の首飾りの上に刀の柄を持ってきた。

そして、その一つを柄でポンと叩く。まばゆい光を放つ二つの赤い師駒石。

「うん？」

一つだけを叩いたはずなのに、二つの赤い師駒石が同じように光っている。

アキトが首を傾げているうちに、辺りを包んだ光は消えた。

「二人……」

アキトは、隣に立っていた者達を見て驚いた。

「見たこともない鎧ですな」

マヌエル大司教は、二人を見てそう呟く。

帝国では見られない風変わりで派手な鎧。

だが、アキトには見覚えのある鎧だった。

「……大鎧か」

アキトは、二人の鎧を見て呟いた。

アキトの故郷、ヤシマの鎧。今では廃れた古い様式の鎧だ。しかし、何かめでたい日には、ヤシマの上流階級が今でもこれを身に着ける。その重厚な見た目にもよらず、騎射のしやすい構造となっている。

「ほう、某《それがし》の鎧が分かりますか」

紫色の大鎧を着た者が、高く澄んだ声で答えた。

「あなたがわたくしと姉《あね》様の、主人ってことですね」

隣の赤い大鎧の者も、アキトに声を掛けた。

「いかにも。俺はアキトだ」

アキトの言葉に、兜を背中に降ろす紫色の大鎧の女性。

首の長さまで短く切りそろえられた黒髪と、紫色の宝石のような目。

その白い肌は、ヤシマに伝わるヤシマ人形を思わせる。

「某は、タカマノシスイと申す」

「わたくしはタカマノアカネと申します」

シスイに続けて頭を下げるのは、アカネと名乗る女性だ。

アカネも兜を降ろしている。顔はシスイと瓜二つ。しかし瞳の色は、赤いルビーと見紛う色だ。

その艶やかな黒い髪も、シスイと違い腰まで伸ばしている。

「しかし、まだ随分とお若い主人ですのね」

アカネは頭を上げるなり、アキトをまじまじと見つめそう呟いた。

「見た目であれば、君らもそんな変わらないだろう？」

「青二才と侮ったわけではないのですよ。ただ、色々と楽しめそうと思いまして……」

「楽しめる？　それよりも、なかなか立派な大鎧。思わず、見とれてしまったよ」

だが、それに答えたのは、姉のシスイの方だった。

「さすがは我が主人！　アキト殿、この鎧はな！」

突如として、興奮するシスイ。鎧を自慢したかったのだ。

「はいはい、姉様。今は静かにいたしましょう。……申し訳ございません。姉はいつもこんな感じなので」

「い、いや、気にするな。すぐにまた声を掛ける。戦う準備をしといてくれるか？」

「はっ、かしこまりました。旦那様」

アカネは深々と頭を下げて、シスイの手を引いていく。

「かくも重装のおなご達。アキト殿、中々の手練れを呼び寄せたのでは？」

大司教は、その長い髭を触りながら口を開く。

「はい。恐らくはナイトかポーンかと」

アキトはそう言って、取り出した紙に師杖で触れる。

大司教も興味津々のようで、その紙を覗き込む。

「ランクは、Cのようですな。クラスは……読めませぬ。東の大陸の文字ですかな」

ランクと基本能力は帝国文字で記載されているが、クラスと技能が帝国文字ではなく大司教には読めなかった。

「ええ、これは東大陸の文字。それを少し変えた我が故郷ヤシマの文字です。クラスは、シスイが〝金将〟、アカネが〝銀将〟のようです」

「〝将〟？　将軍ということですかな？」

「ええ、そういう意味になります。ヤシマの師駒管理局が定めたクラスですね。帝国で言えば、ナイトにあたるでしょうか」

「ほう、素晴らしい」

「はい、まさかC級の師駒を二体呼び寄せられるなんて……」

アキトは技能にも目を通す。シスイもアカネも共に、剣術弓術体術に秀でている。それればかりか、周囲の味方の戦闘能力を上げたり、訓練することで他者の能力を大幅に向上させることも出来るようだ。

「隊長を任せられる人材だな……」

「遠かりし者、耳に聞け！　某の鎧は、ミカドより」

スーレを始め、広場の群衆に語りかけるシスイ。

よっぽど鎧を自慢したいらしい。

赤面したアカネが必死に腕を引くが、シスイは聞く耳を持たない。

「変わった姉妹だ。それに、何故二つの師駒石がいきなり……だが、これで十分に戦えるぞ」

アキトは新たに加わった二人の師駒を見て、そう顔を明るくするのであった。

一章六話　軍師、奴隷商人を成敗せり

「じゃあ皆、各々《おのおの》の持ち場へ移ってくれ。作戦開始だ！」

「「おう！」」

アキトの言葉に、師駒達と衛兵隊長が答えた。

人間であるシスイとアカネ、リーンは言葉で。ゴーレムであるベンケーは胸を叩いて。師駒達は、それぞれの持ち場へと向かう。

一緒にいた街の衛兵隊長は、最初、若すぎるアキトを不安に思っていた。だが、アキトの策を聞いて協力を惜しまないと納得し、部下の衛兵達と共に持ち場へ向かう。

広場にいたケガ人や病人は、一時的に神殿の中へ入る。

これは、広場が主戦場になることを意味していた。

「アキト、わたしはどうすればいい？」

「スーレ。君は主君だから、後ろにいてくれ」

「……わたしは戦わなくていいの？」

「ああ。君は、俺の雇い主だ。ここは何でも屋さんに任せておくと良い」

「……うん！　分かった。頼んだよ、アキト！」

「おう！」

アキトの言葉を聞いて、スーレは大司教に連れられるまま、神殿の中へと入っていく。

主君に戦わせるなどあってはいけない。それもそうだが、まだスーレに戦闘を見せるのは早いとアキトは考えていた。

リーンがアキトへ声を掛ける。

「アキト様、少しよろしいですか。私の新たな技能を使えば、一段階、今後の手間を減らせます」

「ほう？」

「こうするのです……」

リーンは、アキトに策の補強となるような提案を行った。

アキトはリーンの提案を承諾し、神殿の入り口へと向かった。

この初戦で、リボット家をできる限り叩きたい。後は、直接リボットがこの広場に来るのを待つだけ。元老院の名を出したのだ、きっと来るだろうと、アキトは睨んでいた。

※

「急げ！　我がリボット家に逆らう輩を、一秒でも野放しにしてはならん！」

肥満男は傭兵を連れて、そう叫んだ。この青い短髪の肥満男こそが、奴隷商人リボットであった。

綺麗に整えた口ひげが特徴的で、着ている黒いコートも帝都の貴族を思わせる上等なものだ。

自らの傭兵約四百人、部下の傭兵の大半を、アキトとベンケー討伐のために率いてきた。

傭兵の一人、目と鼻以外を覆った兜の兵士長が訊ねる。

「リボット様、こんなにたくさんいりますかねえ？」

「それは分からん。だが、小僧は軍師と名乗ったのだろう？　帝国軍が来たという報告はないが、多少は兵を連れてるかもわからん。それに、ゴーレムもいるという話だからな」

「なるほど。さすがリボット様、用心深い！」

兵士長は、ニヤリとした笑みを浮かべた。

「ワシはいつでも、念には念をいれるのだ」

「さすがは、大陸一の狡猾《こうかつ》な男リボット様！」

「ははは、褒め言葉として受け取っておくぞ！　褒めたところで報酬は出せんがな！　報酬が欲しくば、何が何でも、ワシの前にアキトとかいう輩の首を持ってくるのだ」

「へへへっ。兵たちにはそう伝えときますぜ。なーに、四百人もいるんだ。十分もかかりませんよ」

兵士長は豪語して、胸を叩いてみせた。だが、すぐに、神殿の屋根の上に目が留まる。

屋根の頂点に建てられた神の像の後ろから、左右に二つの人影が出てきたのだ。

「な、なんだあ、ありゃ?!」

兵士長の声に、リボットを始め傭兵達も屋根の上を見た。

「やあやあ!!」

二つの人影、右側の一人がそう叫んだ。

叫んだのは、シスイだった。左側のアカネが恥ずかしそうにそれを見ている。

二人とも、背の丈よりも長い大弓を持っていた。

「遠からん者は、音にも聞け！　近くば寄って目にも見よ!!」

「姉様……近くは誰もいませんよ」

名乗りを上げるシスイに、アカネが冷静に指摘する。

「ん？　そうか。ならばもう一度やり直そう」

「もういいですから！」

シスイとアカネが話しているのを見て、兵士長が首を傾げる。

「アキトとかいうやつの仲間でしょうかねえ？　あ、あそこの男！　あれが例の軍師じゃないですか？」

兵士長は神殿の前にいるアキトに気が付いたようだ。

リボットは、早速アキトへ声を掛ける。

「貴様が、アキトとかいうやつか?!　ワシはここの大司教から許可をもらって商売しておる！　何の文句があるのだ?!」

アキトは問いかけを無視するように大声で返す。

「リボット！　人間を奴隷売買の対象にした罪は重い！　貴様を逮捕する！」

「はっははっ！　こりゃ面白い！　どちらが牢獄行きになるやら！　野郎ども、ひっ捕らえて奴隷にしてしまえ！」

「へい！　おい、野郎ども！　男は殺して、あの女どもを捕えろ！　あんだけの上玉、傷物にするんじゃねえぞ！」

兵士長の命令で、皆大挙して神殿の方へ押し寄せる。

アキトはそのまま、神殿へと入っていった。

それと入れ替わるように、暖簾《のれん》をくぐるように頭を下げて出てくる者が。

「ご、ゴーレムだあ!!」

神殿の入り口に立ったのは、ゴーレムのベンケーだった。

ベンケーが神殿の外へ出ると、衛兵たちが入り口に盾を並べて塞ぐように布陣する。

「ええい、全員で押し倒せば、奴とて手は出せまい!!」

リボットは強弁するが、傭兵の誰もが無理難題だとゴーレムを見て冷や汗をかく。自分達よりも、三倍も大きいゴーレムなのだ。簡単に踏みつぶされてしまうだろうと、足がすくんだ。

シスイはそれを見て、つまらなそうにアカネに声を掛ける。

「アカネ、敵はベンケー殿の事ばかり、気にしているようだ。我々に目もくれなくなったようだぞ」

「なら、少しおちょくってみましょうか。わたくしは、あの顔を覆った兜の将を。姉様は、あの鞠《まり》のような殿方と遊んでくださいませ」

「ふむ、承知した」

アカネとシスイは矢を番《つが》え、狙いを定めると、一斉にリボットと兵士長へ矢を放った。

「……うん？　いっだっ!!」

目の前に至るまで気付かなかった矢を左手の甲に受けた兵士長は、悲痛な叫びを上げる。その手からは血が流れ出ていた。

必死に手を抑える兵士長に対して、リボットは地面にのたうちまわってこう叫んだ。

「ぐあああああっ!!」

リボットも兵士長と同じく、左手を射抜かれていた。

だが、その反応は兵士長と違って非常に情けないものだ。

「ふむ、男《おのこ》のくせになんと情けない」

「姉様は、わたくしのように手加減できませんからね」

「某、いつでも全身全霊で矢を放つ。加減など出来ぬ！」

シスイはアカネにそう言い放つと、次の矢を番えた。

「リボット様?!」

「あああああっ！　ああ!!　あああっ！　ワシの手から血が!!　この役立たずども、何をしておるか!!!」

その言葉に気付いた盾持ちの傭兵がリボットの近くに集まる
リボットは、地面から上半身を起こすと叫んだ。

「殺せ!!　あの小娘どもを必ず殺すんだ!!」

「へ、へい！　弓兵！　あの二人へ矢を放て!!」

兵士長の命令に、五十人程の弓兵が、シスイとアカネに向けて矢を放つ。

だがほとんどの矢が神殿の屋根まで届かない。

アカネはそれを見て、シスイに提案した。

「姉様、ここからは旦那様の仰る通りに、矢を放ちましょう」

「うむ。……しかし、アキト殿の意図が読めぬ」

「恐らく、わたくし達の腕を見極めているのでしょう。まあ、わたくし達からすれば、羽つきのよ

うなもので、造作もなきこと」

そう言ったアカネの足元に、傭兵が放った一本の矢が届く。

「さっそく出番のようですね」

アカネは自分の矢を、足元にまで矢を放った傭兵に向けて放つ。

アカネの矢は、傭兵の額の中央を射た。

「いたっ！　……え、血がでてない？」

傭兵は、思わず自分の額を触った。血は流れていない。そればかりか、墨のような液体がついている。

地面に転がる額に当たった矢。その矢じりは金属ではなく、墨の滴る紙が巻かれていた。

「ま、まさか毒か?!」

「おい、そこの野郎！　その、額はどうした?!」

「兵士長、これって毒じゃ？」

「ああ!?　どれ、見せてみろ！」

兵士長は、墨を少し取って嗅いでみる。

「毒じゃねえよ、安心しろ」

「そ、そうですか、しかしなぜこんなものを」

「知るか！　やつらろくな武器がねえんだろ。グダグダ言う暇があったら、さっさと矢を放ちやがれ！」

「は、はい！」

すぐに傭兵は、矢を神殿の上に向けて放った。

この後も数人、額に墨がつく者がいたが、皆死なないと分かって安心したのか、ただただ適当に矢を放つのであった。

※

適当に戦っているのは、ベンケーの前の傭兵もそうだった。

皆、ぶんぶんと槍を振っているだけで、誰もベンケーの懐《ふところ》に飛び込もうとしない。

この光景を、アキトは神殿の鐘楼《しょうろう》部分から見下ろしていた。その隣には、大司教の姿も。

大司教は神殿の入り口で腕を振るうベンケーを見ると、呟いた。

「ベンケー殿は、全く敵を寄せ付けませんね」

「はい、ベンケーの守備を突破できる者は、恐らく傭兵にはいないでしょう。数で押せば、制圧は出来るかもしれませんが。それでも、傭兵の誰もが積極的に攻撃をかけていないこの状況では、無理です」

「それに、誰も本気で戦っておりませんな。ワシらはこんな奴らに好き勝手されておったのか……」

悔しそうに、大司教は呟いた。

「しかし、アキト殿。シスイ殿とアカネ殿は何故、あのような矢を？」

「何故こんな回りくどい事をやるかということですね。あれは、傭兵達の戦力評価です」

「とすると、傭兵を再雇用するおつもりで？」

「南魔王軍は遅かれ早かれ、必ずこのアルシュタットにやってきます。なので、戦力は増やしておきたいのです。もちろん、素行の悪い者は雇いませんし、大司教達が反対されるのであれば……」

大司教は首を横に振った。

「いいえ、ワシは戦争の事は詳しくない。軍事は、アキト殿にお任せいたします。なるほど、あのような者達など、シスイ殿かアカネ殿の敵ではないでしょうからのう」

「そう、殺すのは簡単です。だが、殺されると分かれば、彼らは死に物狂いになり、こちらにも被害が出ます。それならば、弓術に少しでも長けている者を、今後兵士として積極的に雇いたかったのです」

「それで弓術が比較的優れた者に、印を付けさせたと……兵士の適性を知る手間が省けるということですね」

大司教は感心したように頷いた。

弓を一人前に扱えるようになるのは、それこそ魔法を学ぶのと同じぐらい時間がいること。少しでも弓が扱える者を、アキトはこの後、兵士になるよう優先的に声を掛けたかったのだ。

だが、大司教は目の前の光景に、額から汗を流す。広場に向かって新たに傭兵の増援が向かっていたのだ。

増援は、総勢で約三百人程だった。

「こ、これは、ほぼすべての戦力を投入してきたのか。アキト殿、これは予想が外れたのでは？」

「いや、リーンがやってくれたのです。この件は俺も長引かせたくなかったから、リーンの助言も取り入れたのです」

「ほう。では、これもアキト殿の策の内ということなのですな」

「そうです、今のところは確かに順調……順調ですが、まだ敵の師駒を見てません」

アキトは大司教にそう答えると、再び広場へ目を移した。

※

「ええい!!　たったの三匹になにを手こずっておる!!」

地面に座りながら、リボットは喚《わめ》き散らす。

傷はもうそこまで痛くないが、傭兵達の盾から身を出すのが怖いらしい。

大金を出して雇った傭兵達は、一体のゴーレムと二人の若い娘に、まるで赤子のようにあしらわれている。

「リボット様!!　援軍に駆け付けましたぞ!!」

先程、アキトにこてんぱんにされた禿げ頭の傭兵が、リボットの元に駆け寄った。

リボットは地面に座ったまま、禿げ頭に問いただす。

「援軍?　誰が呼んだのだ?!」

禿げ頭の傭兵は、不思議そうな顔をする。

「え?　リボット様が屋敷の見張り以外、すべて兵を回せと伝令を送ったんじゃないんですか?」

「ワシはそんな命令出しとらん。いや、兵士長の誰かが出したのか……まあいい、確かに奴らには苦戦している。全員でかかれ」

「へい！　野郎ども！　さっさと攻撃に移れ！　ああ、あとリボット様。ガトルの兄貴もこっちに向かってます」

「ガトルもか……いや、奴が来ればあのような者達、一捻りに叩き潰してくれよう。まあ、その前に奴らが音を上げるだろうがな！」

だが、そのリボットの言葉もむなしく、傭兵たちは束になってもゴーレム《ベンケー》を破ることはできなかった。

神殿前が、更にわあわあと騒がしくなったのと、額に墨がついた者達が増えただけであった。

※

アカネが長い黒髪をなびかせて、神殿の屋根の上からアキトに手を振っている。

どうやら傭兵達に対する弓術の評価が終わったらしい。

アキトは鐘楼の上から手を振り返し、それを確認した。

「やりたいことは達成した。あとはリボットを裁くだけだが」

「では、私が衛兵隊長に旗を振りましょう」

大司教を制するようにアキトが透かさず口を開く。

「いや、少し待ってください。まだリボットの師駒が来て……あれか」

アキトの視界に入ったのは、鎧を着たサイクロプスだった。その巨体に見合った鉄の大槌をフラフラと揺らしている。

ベンケーよりもいくらか小柄だが、その足はもっと鈍重だ。武器や鎧、その体型のせいだろう。

大司教もそのサイクロプスを確認して、声を上げた。

「あれこそが、リボットの隠し玉です」

「来ましたか。あれを仕留めてから衛兵を突入させたかったのです」

アキトはアカネに手を振り、サイクロプスの方を指すと、手を下に振った。

全力で敵の師駒を倒せ、それがアキトの命令だった。

アカネは深く頷くと、シスイにもそれを伝える。

サイクロプスがどれほどのランクか分からない。全力で容赦なくかかるべきだ。

ならば衛兵も投入したい、というのが軍師の本音だ。

しかし、それでは広場で傭兵とも乱戦を繰り広げることになる。

これから南魔王軍と戦おうという時、潜在的な味方に犠牲を出したくない。

それがアキトの考えであった。

※

「おお、ガトル、来たか!!」

「グウォオオオオ！」

「待っておったのだぞ！　さあガトル、奴らをワシの与えたその大槌でぺしゃんこにするのだ！」

リボットは立ち上がって、目の前のサイクロプス、ガトルに命じた。

ガトルは「グウォオオ!!」とリボットに応える。

ガトルはリボットの師駒であった。本来軍師でも貴族でもない彼が師駒を持てたのは、最近ある帝国貴族から師杖を手に入れたからだ。

大枚をはたいて買った師駒石は、E級の魔物の〝ルーク〟、サイクロプスを呼び寄せた。

リボットはこのサイクロプス、ガトルのために、特注の大型の胸当てと鉄の大槌を買い与えたのであった。

ガトルが誇る最強の部下……そのはずだった。

風を切るような音が辺りに響くと、ガトルは急に顔を抑えて叫び声を上げた。

「グァアアアア!!!」

そして、力が抜けたように仰向けに倒れ始める。

リボットの周りにいた傭兵たちは、蜘蛛の子を散らすように離れていった。

「え？」

リボットは目の前に迫るガトルの背中を見て、棒立ちになる。

走って逃げようにも、そのぶくぶくの体ではすぐに動けなかった。

巨大な鉄が地面に落ちる音が広場に響く。

ぺしゃんこになったのはリボットであった。

倒れたガトルには次々と矢が放たれる。頭に十本以上矢が刺さると、ガトルは悲鳴を上げ、消えていった。

ガトルがいた場所には、血だまりと血に染められた師駒石だけが残る。

矢を放ったシスイは、驚きを隠せないといった顔で言い捨てた。

「……何と！　確かに我が魔力の全てを注いだとはいえ、何とたわい無い」

「確かに拍子抜けですね。これでは、旦那様にわたくし達の真の実力を見せられなかったでしょう」

アカネも肩透かしを食らったように呟いた。

鐘楼からこれを眺めていたアキトは、大司教に向かって告げる。

「終わったようです。大司教、衛兵長に合図をお願いします」

「おお！　わかりました、アキト殿」

大司教は、裏の路地に待機していた衛兵隊長に手旗を振り始める。

リボット家の兵士長は、もはやただの血肉となったリボットを見て、悲しむというよりは驚いた表情だった。

「リボット様……あ、兄貴まで……」

「兵士長、ここは逃げましょう！　とても勝てません！」

禿げ頭の傭兵が、兵士長へ具申する。

傭兵達は、下敷きになったリボットと一撃で死んだガトルを見て、顔が一様に青ざめていた。

もはや戦いにならないし、意味もない。兵士長は命令を下す。

「あ、ああ。野郎ども、一旦退却だ!!」

兵士長の声に、皆一斉に広場から逃げようとする。

その時だった。傭兵の一人が通路を見て、こう叫んだ。

「衛兵隊だ！」

「一体どこから?!」

アルシュタート大公領の衛兵三百名が、広場へ続くすべての通路を封鎖したのだ。

広場へ続く五つの道。その全ての道を六十人ずつの衛兵が盾を寄せ合い、隙間なく封鎖する。

神殿方向にだけ目を奪われていた傭兵たちは、皆後ろを取られたと狼狽する。

「ええい、突破しろ!!」

兵士長の言葉に、傭兵達は衛兵達に向かうが、その通路に隙間なく並べられた盾を誰もが突破できない。

「ち、ちいっ！　どうすりゃ！」

兵士長が唇を噛んでいると、広場の中央から叫びが。

「俺は降伏する!!　許してくれ!!」

一人の傭兵が大きな声で叫び、武器を投げ捨てた。

「な、何を勝手なことを！」

兵士長は声を荒げ、すぐに傭兵を黙らせに行こうとするが、周りの傭兵達も皆武器を捨て始める。

「こ、降参だ！」

皆口々にそう言って、手を上げ始めた。

鳴りやまない、ガシャガシャという武器が落ちる音。それを聞いた禿げ頭の傭兵は剣を降ろして呟いた。

「兵士長、もう無理でしょう。リボット様はもういない。戦う意味もねえ」

「ああ、そうだな……」

兵士長は頷くと、ついに剣を捨て、手を挙げて声高に叫んだ。

「や、野郎ども！　降伏するぞ!!　武器を捨てろ!!」

兵士長の声を聞いて、全ての傭兵が手を上げて降参する。

傭兵達は皆、悔しそう……ではなく、心底ホッとしたような顔をするのであった。

一章七話　軍師、仲間を得る

「皆、良くやってくれた!!」

アキトは神殿前に集まる自らの師駒の元へと歩く。

アカネは、シスイの裾を掴んで答えた。

「あれぐらい、わたくし達からすれば赤子の手を捻るようなもの。ですよね、姉様？」

「うむ。我ら姉妹、もっと剛の者との手合わせを所望いたす」

シスイは、物足りないという顔で頷くのであった。

ヤシマの戦士は、戦《いくさ》に生き戦に死すことを求める。この姉妹もその例に漏れないようだ。アキトは感心した。

「そうだな。だが皆が、命がけの戦を望むわけじゃない。俺は出来る限り戦闘を避けていくつもりだ。まあそんな焦らなくても、すぐにその腕を振るう大戦がやってくるだろう」

「ほう！　では矢合わせの際は、是非このシスイに!!」

「姉様……旦那様の言葉を聞いておりましたか?!」

「うん？　合戦が近々あると、アキト殿は申したのだろう？」

「はあ……申し訳ございません、旦那様。姉様は戦以外、あまり興味がなくて」

「いや、心強い限りだ。これからも俺を助けてほしい」

アキトのその言葉に、シスイとアカネは「「ははあ！」」と言って頭を下げる。

「それと……ベンケー、流石《さすが》だ！　全く敵を近づけなかったな」

「そうそう、ベンケー殿。某とアカネを守ってくださったこと、かたじけない」

シスイはそう言って、アカネと共にベンケーにお辞儀をすると、ベンケーは両腕を上げて喜びを表した。

そんな中、衛兵隊長がアキトへ報告する。

「アキト殿、衛兵隊に諸々の指示をしてまいりました」

「ありがとうございます、衛兵隊長」

アキトは鐘楼を降りる際、衛兵隊長を通じて衛兵隊に色々と指示を出した。

傭兵達の武装解除、額に墨がついた者を一か所に集めること。それと港にあるリボット家の倉庫から奴隷を解放すること、城壁の見張りの要員を交代すること。傭兵の名簿の作成など……諸々。

衛兵隊長はアキトの礼に頷き、続けた。

「アキト殿、本当によくやってくれました。我ら衛兵隊がずっと成し遂げられなかったことを、たった一日でやって下さった。この街は以前のように平和に戻るでしょう」

「そう言ってくれると嬉しいです。ですが、南魔王軍への対策をすぐに開始しなければなりません」

アキトは衛兵隊長へ答え、周りを見渡すと頭を下げた。

「皆、ありがとう。これからも、俺に力を貸してくれ」

「お任せあれ、アキト殿。このシスイ、この身が朽ちるまでお仕えいたす！」

真っ先にそう答えたのは、シスイであった。

「旦那様、わたくし達の忠義は絶対です。どうかこれからも、なんなりとお申し付けください！」

アカネもシスイに続いた。

ベンケーも胸を何回も両腕で叩き、アキトに応える。

そんな中、大司教が神殿から出てきた。

「アキト殿、傭兵の負傷者、皆軽傷ばかり。すぐに回復するでしょう」

「ありがとうございます、大司教」

「いやいや、礼を言うのはこちらの方。悪人と言えど、人の死を喜ぶのはいかん。しかし、リボットからこの街を救って下さった。それに、流れる血も限りなく少なかった」

「彼の死は俺の失態。……苦しんだ者達のためにも、しっかりと法の下で、裁きを下すべきでした」

「全てを上手く運ぶのは難しい。アキト殿は良くやってくださった。完璧に物事を運べるのは、全知全能たる神だけです」

「神だけ……確かにそうかもしれませんね」

アキトはそう言って神殿に目をやった。すると、入口からスーレが。

「アキト、傭兵さん達を降参させてくれたんだってね！」

「ああ。これで、殴られる人はいなくなるだろう。皆、安心して寝られるようになるはずだ」

「……アキト、本当にありがとう。昨日までは、皆もうずっとこのままだと思っていたんだ」

「お礼なんかいらないよ。言ったろ、俺は君の何でも屋さんだって。もっとスーレや皆を幸せにするよ」

「アキトや皆も、一緒にね」

「ああ、もちろんだ」

アキトがスーレにそう答えると、師駒の皆も頷く。

大司教もそれを見て、にっこりと笑った。

「私も非力ながら、皆さまの幸せのため精一杯努めます！」

そう口を挟んだのは、先程最初に降伏した傭兵だ。

アキトとスーレ以外は皆、何だこいつはという顔をする。改心するにも早すぎるし、今までブイブイ言わせてきたくせに面の皮が厚すぎるのではと。

「今回の作戦の〝影の功労者〟が帰って来たようだな。……その姿じゃわからないぞ、リーン」

アキトの言葉に、皆驚く。

「おっと、これは失礼しました。えいっ！」

傭兵は姿を崩し始める。そして透明な液体となり、どろどろと地面に落ちると、青く色づいた。

皆、リーンと名前を聞いた時以上に驚いた顔をする。

「え？　リーンなの?!」

スーレが訊ねた。

「はい、リーンですよ！」

「だが、すごいな。俺も技能として聞いただけだから、変身した姿に驚いたよ」

アキトは感心したように、リーンを褒める。

「ありがとうございます、アキト様！」

スライムのリーンが、アルシュタットまでの道中の強化で得た技能。

魔物の文字で読めなかった二つの技能の内の一つは人間の言語能力、それはすぐアキトも理解できた。

そして残されたもう一つは、変身能力だったのだ。

「すごいっ!!　ねえ、スーレにも変身できるの！」

「もちろん可能ですよ！」

「じゃあ、やってみせて！」

「かしこまりました、スーレ様！　では!!」

そう答えてリーンは、スーレの背丈ぐらいまで体を伸ばす。

そして次第に人の形になると、服や肌の部分に色が付いていった。

「「おお！」」

スーレだけでなく、師駒達も思わず感嘆の声を上げる。

スーレと瓜二つになったリーン。髪や服も本物と変わらず、風に揺られる。

「わあ！　わたしがもう一人いるみたい!!」

スーレはリーンに手を振ってみた。リーンもそれに応えて、手を振る。

スーレが脚を動かすと、リーンも脚を動かす。スーレが手を上げれば、リーンも。

スーレはそれが楽しくなったのか、変なポーズを繰り返す。そしてだんだんと素早く体を動かしていった。

リーンもそれを必死に真似るが、ところどころスーレと違うポーズをとってしまう。

「ぬぬ……負けませんよ、スーレ様！」

「私だって負けないよ、リーン!!」

何を勝負しているのか分からない。だがその微笑ましい光景に皆、顔を和ませた。

アキトもリーンの提案を受けた時は、ここまで精密に変身できるとは思わなかった。

リーンは、今回の作戦でほぼすべての傭兵を広場に集めるという提案をした。

アキトはリボットを人質に、順繰りに傭兵隊を掌握しようと考えていたが、リーンはその手間を省いたのであった。

また最後の降伏宣言。最初の一人、というのは中々勇気のいることだ。だから、誰も言いたがらない。

そのなかでリーンは傭兵として、その最初の一人となり降伏を叫んだ。一人叫んだことで、傭兵達は堰《せき》を切ったように皆続いた。

リーンはアキトの作戦遂行を更に円滑にさせたのだ。

「嫁要らずですね、旦那様?」

「え?」

アキトが頭の中で色々と考えていると、アカネが耳打ちするように囁いた。

「リーン殿がいれば、どんな美しい女子《おなご》とも寝れるのですから」

「は、はあっ?!」

「私の姿なら、どうぞ好きになさっていいですからね、旦那様」

アカネのその言葉と共に、アキトの耳をくすぐる吐息。アキトは顔を真っ赤にさせた。

「どうしたら、あの技能を見て、そんな不純な事を考えることができるんだ?!」

「あら。むしろそういうことを考える殿方の方が多いと思いますよ」

アカネは、さも当然といった顔だ。

確かに師駒をそういう対象で見る者は、多少なりとも存在するだろう。

だが、アキトは師駒を仲間と尊重していた。己の欲望のためだけに師駒を使役したくなかった。

君主のため、天下の太平のため、人々のため……軍師は師駒と助け合い、共にそれに尽くす。

アキトは心にそう誓っていた。

「俺は、そういうのは結婚してからと決めている」

「お堅い方ですのね……ふふ、ますます火が付きましたわ」

アカネはアキトに答えた。

「ねえ、リーン！　今度はアキトに変身してよ!!」

「はい！　お任せを!!」

しばらくリーンは、スーレの要望通り変身を繰り返すのであった。

「アキト殿!!」

「うん？　どうした？」

声を掛けてきたのは衛兵隊長だった。

「リボットの遺体を片付けさせていましたら、このような物を部下が見つけまして」

衛兵長はそう言って、アキトに黄色い石を渡した。

「師駒石ですね。リボットの師駒、あのサイクロプスの遺品でしょう。これをどうするかは、少し考えてみます」

アキトは黄色い師駒石を見つめた。

大司教がアキトへ声を掛ける。

「黄色い師魔石。白いものよりも貴重ですね。早速使われてはいかがですかな?」

「そうですね。アカネかシスイの能力強化に使うか、新たに師駒を呼ぶか……」

アキトは少し悩んで、どうするかを考える。

――正直言ってアカネとシスイは、すでに一人で普通の人間を数十人相手できる強さ。訓練する技能もあり、教官としてもやっていける。強さも、担える役割も十分だ。強化でどれだけ強くなれるかも分からない。ベンケーもそういう意味では、すでに技能的には申し分ない。リーンもすでに変身と人間の言葉を喋れる技能を得ている。

その一方で……と、アキトは新たな師駒を召喚することを考える。

上手くいけば、もっと別の分野に貢献できる師駒を召喚できるかもしれない。もちろん、同じような能力を持つ師駒が召喚された場合、戦力は確かに上がるが、担える役割は増えない。だが、どちらにしろ戦力は増える。ならば――

「大司教、新たな師駒を召喚しようと思います」

「おお、左様ですか。仲間は多いほうが良いですからね」

「はい。戦闘だけでなく、内政を任せられるような仲間も欲しいのです」

アキトは腹を決めると、師魔石の前に師杖である刀の柄をかざした。

「それでは……」

アキトは刀の柄で、黄色い師魔石を叩く。

辺りを包み込む光。

光が消えるとそこには……

頭に緑の葉っぱと赤い花を生やしたマンドラゴラがいた。

マンドラゴラはアキト達を見るなり、地面を掘ろうとする。だが、広場は石畳。マンドラゴラは仕方なく、その場でうずくまった。

大司教はそれを見て呟く。

「マンドラゴラ……西部ではよく見る魔物と言いますが」

アキトは師杖でマンドラゴラの情報を見た。

「ええ、確かにマンドラゴラのようです。E級の魔物のポーン」

アキトは、更に基本能力に目を通す。

魔力はそれなり、他の能力は通常のF級のポーンやリーンよりもさらに低い値だった。

だが一つの技能にアキトの視線が釘付けになる。

「これは……植物の成長促進がC級ですね」

「ほう、素晴らしい。そのような技能、魔物ならではですな」

「ええ、魔物は俺達とは違う強みを持っている」

植物の成長促進に特化したポーン、それが目の前のマンドラゴラだった。

アキトは素直に喜ぶ。これであれば穀物や薬草、木々の成長を早めることができるからだ。また強い仲間を得られたと。

「あっ！　アキト、また友達を召喚したの？」

「友達……ああ、そうだよ。マンドラゴラ、名前は……」

アキトはマンドラゴラの名前に悩む。

「名前がないの？」

「ああ、そうなんだ。何かいい名前はないかな？」

「そしたら、ハナって名前はどう？」

「また単純な……いや、でもいい名前だな、ハナ。可愛いし、綺麗な頭の花が特徴的だ。よし、これからはハナと呼ぶことにしよう」

「うん！　ハナ、おいで！」

スーレが手招きすると、マンドラゴラのハナは、恐る恐るアキトとスーレの前に出てきた。

「よし、ハナ。俺はアキトだ、よろしくな！」

「わたしはスーレ！　仲良くしてね！」

ハナは必死に、頭の葉と花を振ってそれに応えるのであった。

こうしてマンドラゴラのハナは、アキトの仲間に加わった。

いずれ来る南魔王軍。その時、アルシュタットの民をどう守るか。アキトは新たな仲間たちを見て、策を巡らすのであった……。

一章八話　軍師、新天地を求む

アキトがアルシュタットへ着いた翌日の夜明け前。

アルシュタート大公の狭い屋敷の一室で、アキトは一人、ベッドの上で思案に余っていた。

リーン、ハナ、そしてシスイとアカネは、この屋敷で寝泊まりしていた。

ベンケーは睡眠が必要ないようで、この屋敷の入り口の警備を務めている。

ハナとスーレはリーンと同じベッドで、アカネとシスイも同じ部屋。皆、まだ寝ているようだった。

アキトは男一人で別室。ぐっすりと……は寝れなかった。

懸案事項はずばり、今後のアルシュタートの方針である。

アキトが見て、このアルシュタート大公領には問題が山積していた。

一つ、アルシュタット周辺の農村と街に人が住んでいないこと。

周辺が北南の魔王軍と帝国軍の戦場となるこのアルシュタート大公領は、田畑は荒れ、城壁を持たない町は廃墟となっている。

結果、家のない難民がアルシュタート大公領の州都、このアルシュタットになだれ込んできたが、食料も備蓄が少なく、採集から得られる物に限られ、供給に安定性がない。

二つは、防衛戦力の不足。

南魔王軍は、数万の魔物を動員できる。以前のアンサルスの戦いも、帝国の急な侵攻に五万もの戦力を緊急招集できたのだ。対して、今アルシュタットにいる防衛戦力は、衛兵が一千、傭兵が七百と、アキトの師駒達だけ。

傭兵達は現段階では、全くと言って良いほど戦力にならない。戦列を組むことすら難しかった。では、頼りの師駒はどうか。いかに多人数とも戦える師駒と言えど、万軍に勝つことはできない。シスイとアカネが二本の矢を放てば、数千本と矢が返ってくるはずだ。

会戦は不可能。奇襲や夜襲も、この広い平野が広がるアルシュタート大公領では難しい。

では籠城戦をするか。防壁はすでに半壊していて、実際にはただの櫓《やぐら》の集合体になっている。

これらの問題について、アキトは師駒の特性を踏まえて対処を考える。

——食料については、マンドラゴラのハナを中心に耕作を始めよう。傭兵達を、アカネとシスイに訓練させて。防壁はベンケーの特性で、修復を……。

誰でも考え付くこと。例えこれらを実行しても、南魔王軍は防げないと、アキトは首を振る。

南魔王軍も師駒を多数有している。またアンサルスでは、帝国軍も結構な数の師駒を失った。

——その師駒が残した師駒石は、当然勝者である南魔王軍の手にあるはず。すなわち、敵が新たな師駒を召喚するのは確実。A級の師駒がいる可能性も当然考慮するべきだ。それよりも何よりも、万に一つ勝てたとしても、何も得るものがない。つまりは、戦うだけ無駄……。

ならばと、アキトは結論を出す。

——ここから逃げよう！

アキトは原点に立ち返って、尻をまくることにしたのだ。

もちろん、自分と師駒だけで逃げるのではない。アルシュタートの民と共にだ。

だが帝国領内では、都市の市民以外が居住する地域を勝手に変えてはいけなかった。

もちろん難民対策のためだ。

つまりはアルシュタットの民衆全員を、帝国の安全な地域へ逃がすことは不可能。

また、アルシュタットの市民は貧しく、転居する余裕もない。

──自分たちの領内で、安全な場所を探すしかない……そんな場所は、このアルシュタートのどこに？

アキトはそう自分に問いながら、ある光景に気付いた。

夜が明け、朝焼けの光が窓から差し込む。

窓の向こうの赤く照らされる島々。アキト達がアルシュタートに来て、最初に目に入った光景でもあるその島々。中央のアルス島からは綺麗な水が湧き出ていて、大陸側には潟湖も存在している。

──ここだ。

アキトは早速行動に移った。

まずアルシュタート大公の執事である爺の寝室へと向かった。

そこには、ベッドで上半身を起こす爺と大司教がいた。

大司教はにっこりと微笑むと、アキトに挨拶をする。

「おお、おはようございます、アキト殿」

「おはようございます、お二人とも」

「アキト殿、リボット商会の件、良くやってくださった。感謝申し上げる」

深々と綺麗なお辞儀をする爺。

爺は昨日の、衰弱していた様子から回復したようだ。

「あなたが私に託してくれた師駒石、そこから会えた師駒達のおかげです」

「アキト殿、それは違う。私は、あくまで出会いのきっかけを作ったまで。あなたと師駒達のおかげです」

爺はさらに続けた。

「それに元はと言えば、私と大司教が招いた災厄。本来自分たちで解決しなければいけないところを、アキト殿は助けてくださった」

大司教は、爺にうんうんと頷いた。

「ああいう輩は、人を騙すことに長けています。お二人とも、藁にもすがる思いだったのでしょう……ところで、爺は何故、師駒石を使われなかったのです？」

「私は師杖を持ち合わせておりません。また先代エリオ様の師杖は、その主人と共に海の底。ですからそれを引き継ぐべきスーレ様も、師杖を持ち合わせていなかったのです」

爺の言葉に、大司教が続ける。

「今思えば、その師駒石をリボットに渡さなくて正解だった」

「うむ……流石に先代の師駒石。元々すぐに渡すつもりはなかったが」

爺がそう言い終わるのを聞いて、アキトはさらに質問した。

「先代のエリオ様も、何故師駒石を使わなかったのでしょうか？」

「この師駒石を残して亡くなった師駒達。彼ら亡き後も、暫《しばら》くは帝国軍がこのアルシュタートに駐留していました。軍事力的にはまだ少し余裕があったので、すぐには使わなかったのでしょう。スーレ様に出会いを残したかったのもあるようです」

「なるほど……そんな貴重な石を俺に」

アキトの言葉に、爺が返す。

「結果としてスーレ様、そしてアルシュタートに住まう人々のためになったのです。エリオ様も喜ばれていることでしょう」

「うむ。アキト殿のような方ならば、納得されるはずだ。……ところでアキト殿、何か御用があったのでは？」

大司教はアキトに訊ねた。

「ええ、実は二人に許可を頂きたいことがあったのです」

「ほう、それはなんですかな？」

「アルス島……そこに街を造らせてもらいたい」

アキトの申し出に、大司教と爺は少し複雑な顔をした。

爺はゆっくりと口を開く。

「アキト殿……ご存知ないとは思いますが、アルスは我々の聖地。年に一度だけ、神官が祭祀のため上陸を許される場所なのです」

「アルス島が神聖な地であることは、俺も知ってます。ですが、南魔王軍から逃げるには」

「つまり……ここから逃げて、このアルシュタットを捨てよと……そう申されるのですな？」

「ここを守るため亡くなられた方もいるでしょう。本意ではありません。しかし……」

爺はアキトの言葉に、口をつぐんでしまった。

大司教はそれを見て、爺へ諭すような口調で語る。

「……エリオ様が変わられたように、ワシらも変わらなければいけないのでは。アキト殿、実はエリオ様はアルス島へ渡られていたのだ。だが、そこから帰るとき、船が転覆して亡くなられた。ご老体に、足のケガ。そのままあの海から戻ってこぬ……」

「そうでしたか……では、エリオ様もアルス島に目を付けられていたと」

「皆反対しました。かくいうワシも。ですが、三つの勢力の前線となった今、もはや、なりふり構っておれませぬ」

大司教はアキトに賛成のようだ。しかし爺は違う。

「私は反対だ。信仰が問題なんじゃない。ここにはスフィア様とアーノルド様……数多くの者達がその命を引き換えに守った場所……」

爺はそう呟いたきり、顔を下げ、沈黙する。

だが、少しして再び口を開く。

「……そうだ、反対だ。しかし、アキト殿。アルシュタートのこれからは、あなたやスーレ様、アルシュタートの子供達にかかっている」

爺は顔を上げ、アキトの目を見て言い放った。

「アキト殿、行きなさい。スーレ様とアルシュタートと共に」

朝焼けが青空に変わったように、アルシュタートも新たな歴史を歩もうとしていた。

※

リボットが死亡した後、アキトは商会の倉庫と屋敷を接収した。食糧や物資、金銭等をアルシュタットの今後に用いるためだ。

結果として、金は相当な蓄えがあった。帝都の一区画や、帆船を買えてしまうような金額だ。

食糧については、アルシュタットの住民を三か月食べさせられるほどの量があった。

武具もそれなりに貯め込んでいたようで、更なる募兵に役立つとアキトは喜んだ。

また、港には商会の帆船もあり、アルスの移住に役立つことは間違いなかった。

だが、それ以上に骨董品が多いことに、アキトは困惑した。倉庫の半分を占めるこの骨董品は、リボットが趣味で収集していた物らしい。

それでも何か使える物はないかと、アキトは師駒達と骨董品を整理していた。

「わあっ。旦那様、これ似合います？」

アカネは装身具を見て、上機嫌のようだ。

「うーん、鎧の上からだと、ちょっと微妙じゃないか」

「もう！　旦那様。そういう時は、似合ってるの一言が無難なんですよ？」

「そ、そうなのか？」

結局、使えそうな物は少なかった。

リーンがアキトへ訊ねる。

「アキト様、人間はどうしてこうも実用的でない物ばかり貯め込むのでしょうか？」

「俺もこういう趣味があるわけじゃないけど、人間には多様な趣味があるんだ。もちろん、リボットみたいに他人を苦しめて集めるのは、許せないけどね」

「趣味ですか……アキト様も何か趣味があるのですか？」

アキトはその質問に、少し考えてしまう。碌に趣味というものを持ち合わせていなかったのだ。

「お、俺？　……うーん、読書とか？」

「本を読む……知識を集めるということですね、さすがアキト様です！」

「ま、まあね」

役に立たない古い兵法書ばかりしか読んでいないのだがと、アキトは苦笑した。

そんな時、シスイが壺を持ちながらアキトへ呼び掛ける。

「アキト殿！　これはもしやアリシマ焼では！」

「おお、ヤシマの。……って！」

アキトが振り返った時、シスイは壺を手から滑らせていた。

ガシャンという音があたりに響く。

「ああ！　姉様、何してるんですか?!」

「す、すまぬ！　つい手を滑らせてしまって……」

「まあまあ。商人なんて、しばらくはこないだろうから売れないし。それに全てをアルス島に持っていけるわけじゃないから。あまり気にするな」

「申し訳ござらぬ、アキト殿……うん？」

シスイが不意に割れた壺に目をやる。

「これは……真珠の首飾りでござろうか？」

壺の破片の中から、シスイは白い石が数珠のようになった首飾りを拾い上げた。

「真珠……いや、これは師駒石だ」

アキトは思わず声を上げる。

「ちょっと見せてくれないか？」

アキトはシスイから首飾りを受け取る。

「黄色い師駒石が一つに、白の師駒石が……百個以上ついてるぞ」

「師駒石。某達を呼び寄せた石でござるな」

「ああ。リボットはこれに気が付かなかったようだな。でかしたぞ、シスイ」

「いやあ、何かあるかもしれないと、神仏のお告げがあったのでござるよ！」

得意顔になったシスイに、アカネが冷めた視線を送る。

だが、アキトの方は目を輝かせていた。

白の師駒石から召喚できるのは、殆どがポーン。それもF級ばかり、たまに良くてE級だ。それでもF級のポーンは、帝国正規兵並みに戦える戦闘能力を有している。つまりは、帝国兵百人を得られることと同義なのだ。

アキトからすれば、一人でも戦力が欲しかった。新兵募集は進めるつもりでいたが、即戦力が百人加わることは大きかったのである。

それだけでなく、いくつかは今いる師駒達の強化に使ってもいいかもしれない。

アキトはこれを広場に持ち帰り、使うことにした。ベンケーには衛兵と共に、港の埠頭へ使えそうな物を運ぶように指示を出した。

神殿前の広場には怪我人や病人を治療するスーレや大司教、ハナがいた。そこにアキト達の師駒も加わり、それぞれが出来る範囲で手伝い始める。

リボットがいなくなったことで狼藉《ろうぜき》を働く者はいなくなり、皆安堵していた。

神殿の前の作業机を借りたアキトは、師駒石の首飾りを卓上に置く。そして師駒石がいくつ付いているか確認した。

「白の師駒が百五十個と、黄色い師駒石が一つか……」

数え終わったアキトは、早速師駒石を叩こうとした。

だが、少し待てよ、と手が止まった。

シスイとアカネを召喚した時のことを思い出したのだ。一つの師駒石を叩いたつもりが、繋がっていた二つの師駒石が光り、二体の師駒を召喚したことを。

つまりこのまま師駒石の首飾りを叩けば、百五十一体が一斉に召喚されてしまうかもしれない。

アキトはこの首飾りの紐《ひも》を切れないだろうかと、軽く力を入れる。しかし、首飾りは切れそうもなかった。

「シスイとアカネが姉妹だったことを考えれば、これを遺した師駒同士、特別な絆があったのかもな……」

「絆……有りますとも。人と師駒、師駒同士にも」

アキトはその声に振り返った。

「大司教。いや、お恥ずかしい。実はこれをリボット家の倉庫から見つけましてね」

「白の師駒石の首飾り。一つは黄色のようですな。ワシも師駒石はあまり詳しくありませんが、シスイ殿とアカネ殿を召喚した師駒石の首飾りを遺したのは、兄弟の師駒でした」

「なるほど、俺も皆との絆を大事にしていきたい……ですから、この師駒石はこのまま使おうと思います」

「ぜひそうされると良い。きっと神や、これを残した師駒達が良い出会いをもたらすでしょうから」

「仰る通りです」

アキトは深く頷いて自身の師杖である刀の柄で首飾りを叩く。

次々と光りだす首飾りの師駒石。その光は広場全体を覆うほどに広がった。

「終わったか？」

光が消えると、アキトはそう言って辺りを見渡す。

「見当たらない？」

「そのようですね。空中を飛ぶ有翼人でもないようだ」

大司教も一緒に探してくれるが、どこにもいない。

まさか、自分が軍師学校に入った時と同じく、壊れた師駒石だったのかとアキトは肩を落とす。

だが少しすると、ブォーという非常に低い管楽器の音が聞こえてきた。

広場の外からのようだ。管楽器の音に加え、鎧がすれる音、無数の地を蹴る音が聞こえてくる。

街の誰もが、その音の方に視線を移した。

広場に入ってくるのは歩兵の集団だった。古代の鎧に、体を覆うような大きな赤い盾。少し短めの腰の剣と、先が細い変わった形状の槍。肩から垂らした短い赤のマントが、パタパタと翻《ひるがえ》る。

管楽器を吹く者、死神と鎌の紋章の垂れ幕を付けた棒と、死神の像を先端に取り付けた棒を持つ者達。軍楽隊と旗手であろう彼らを先頭に、歩兵の集団が一糸乱れぬ行進をしている。

兵士の最前列には盾を持たない、立派な飾りを付けた兜の戦士が一人いた。鎧も一際豪華だ。

「帝国軍か⁉」

誰かがそう叫ぶと、皆もわあわあと叫ぶ。きっと帝国軍が援軍に来てくれたのだと。

本当にそうだろうかと、アキトは疑う。フェンデル村を救援する余裕もないのに、こんな場所まで兵を出すだろうかと。

加えて、彼らの鎧は今の帝国軍のそれではなかった。古代の絵画に見られるような、昔の帝国軍の姿であったのだ。

「敵か⁈」

「姉様！　勝手な真似は止してください！」

刀に手を掛けようとするシスイと、それを制止しようとするアカネ。

兵士達はそれに目もくれず、行進していった。

彼らは神殿の前で脚を止めると、一人の立派な飾りを付けた鎧の大男がこう叫んだ。

「右向け、右‼」

大男の号令で、一斉に神殿のアキトの方へ振り向く兵隊たち。

大男はそのまま赤いマントを翻して、アキトの前へと歩いてくる。そして跪《ひざまず》いて、声を張り上げた。

「第十七軍団《セプテンデキム》！　その百人隊長、セプティムス！　お呼びにより、参上いたしました！」

第十七軍団という言葉に、アキトは聞き覚えがあった。はるか昔、マリティア朝帝国初代皇帝、マリティア一世が創立した軍団の名跡であった。マリティア一世の大陸統一を支え、三千世界を共に旅したと言われる軍団だ。精強を誇り、無敗と名高かった。

しかし、現在の帝国軍に第十七軍団はない。

マリティアと第十七軍団に敬意を表し、代々皇帝が〝第十七軍団〟を新たに創設してはいけないと、触れを出しているからだ。

「顔を上げてくれ。俺はアキト。アキト・ヤシマだ」

「アキト……それが我々の忠誠を捧げる者の御名ですね。我ら第十七軍団、これよりアキト殿の手となり足となりましょう」

「頼もしい限りだ。戦いはすぐにやってくるだろう。どうか、よろしく頼む」

「ははっ！」

「それと……この方は、この街の大司教。そこの鎧を着た二人の女性、スライム、マンドラゴラは俺の師駒だ。挨拶を済ませると良い。ベンケーというやつもいるが、それは後で紹介しよう。長い銀髪の女の子は、スーレと言って俺の主君だ。まだ子供だから、あまり堅苦しい挨拶はしないほうがいいかな」

「委細承知いたしました。それでは失礼いたします！」

セプティムスは姿勢を正し、大司教とアキトへ頭を下げる。そしてアキト達の師駒やスーレに、挨拶をしに行った。

新たな仲間達に、スーレや師駒達は喜んでいるようだった。

大司教がアキトへ声を掛ける。

「なるほど、彼らが召喚された師駒でしたか」

「はい、これで我らの戦力は二千人近くになりました」

アキトはそう答えて、早速セプティムス達の能力を見る。

「セプティムスはD級のポーン……兵士たちはE級のポーンだと」

アキトは驚きの声を上げる。

D級のポーンは滅多に現れない。また、E級のポーンが召喚されることも稀だからだ。

帝国の正規兵相手なら、二倍三倍は相手に出来るだろうという戦力。攻撃能力に優れているし、防御に至っては並みのルークをはるかに凌ぐ。また、軍団なので、先の行進のように連携が取れていた。

これは強い味方を得た。アキトは、心の底から喜ぶのであった。

一章九話　軍師、都市計画を立てる

「……というのが、今後のアルシュタートの方針だ」

アキトは、アルシュタート大公の小さな屋敷の一室で、自分の師駒達を前に今後の方針を伝えた。師駒を集めて、作戦会議を開いたのだ。

議題はアルス島への移住。それがアキトの南魔王軍への対策であった。

「敵に背を向けて逃げろと申されるのですか！　某、もっと合戦がしたいでござる！」

「姉様！　姉様はそうでも、普通は皆、戦が嫌いなのです。それに姉様みたいに強くないですから」

「むむ……失礼いたした。主君に尽くすのが、某の務め」

シスイはアカネの言葉を聞き、少し残念そうに頭を下げた。

「シスイ。手柄を立てたいのは分かる。だが、敵を殺すことだけが手柄じゃない。一昨日、君達が傭兵を殺さずこの街を救ったのだって、大手柄だ。この街の人達の喜ぶ顔を見たろ？」

「アキト殿……某とんでもない勘違いをしていたようでござる。人へ侍《はべ》り、尽くすのが侍……己の功だけを焦りすぎていたようでござる」

「分かってくれるか。前も言ったが、必ずまた戦いはやってくる。今は、その戦支度のようなものだと思ってくれ」

「承知！」

シスイは凛とした口調で、アキトに応えた。

次にセプティムスが質問する。

「アキト殿、計画の方針はよく分かりました。ですが、南魔王軍は海軍を持っていた場合、どうされるのですか？　上陸される恐れも」

「いや、その可能性は低いと思う。北もそうだが、南魔王軍は海軍はおろか、船を作る技術も持ち合わせてない。もちろん、今後海軍や造船所を用意する可能性もある。だが、数か月でそれを用意するのは不可能だろう」

アキトは確信を持って答えた。

海軍を所有するのは帝国や人間の国家だけだった。というのも北と南の魔王軍にとって、海は何も得る物がない存在だった。せいぜい海辺や海中に住む魔物が魚を獲る場所。そんな認識だ。人間のように遠くへ貿易に出かけようとか、海の向こうの土地を開拓しようという動きは見られなかった。

その証拠に、アルシュタットをはじめ沿岸の街が、海から魔物に急襲されたことはない。

しかし、アンサルスの戦いで南魔王軍を指揮し、帝国軍を破ったアルフレッドという吸血鬼の王子。彼ならば、人間のように今後海軍を作る可能性もあると、アキトは睨んでいた。

だが、造船所の建設、水夫の訓練等、一朝一夕で出来るものではない。せいぜい急ごしらえの箱のような船で上陸を試みるぐらいだろう。

つまり南魔王軍に対して、海はこの上ない城壁となる。

「なるほど。仮に小舟を用意しても、上陸側が圧倒的に不利……ですが、もう一つ不安が」

「衣食住のことかな？」

セプティムスの言葉に、アキトはそう返した。

アルスは人が踏み入ってはいけない島。現段階で、人が住めるような土地ではない。

頷き、セプティムスは続ける。

「はい。皆さま、飢えに飢えておるようでして。それをどう対処なさるのかと」

「まず、水は大量に湧いて出てくるから心配いらない。だが、食料はリボット商会の倉庫から押収した物を含めて、この街には三か月分の貯えしかない」

「それが尽きる前までに、何か作物が作れますかな？」

「野菜ならいくらか。リボット商会の倉庫に作物の種もあったからな。だけど主食の穀物となると、貯蓄が尽きるまでに間に合わない」

「野菜ですか……魚も獲れるでしょうが、やはり主食がなければ人々は飢えてしまうでしょうな」

「小麦に関しては、ハナに収穫を早めてもらうつもりだ。ハナは植物の成長を早める技能を持っているからな」

アキトの言葉に皆、ハナへ視線を向ける。ハナは恥ずかしがって、リーンの後ろへと隠れてしまった。

ハナは何やらごにょごにょと、リーンへ鳴き声で伝える。

「このように内気で申し訳ありません。ですが、植物を育てるのは大好きです。きっとお役に立てるでしょう、とハナは言っていいます！」

リーンはハナのため、魔族の言葉を通訳してくれたようだ。

「そうか。食料問題は一番重要といっても過言じゃないからな」

「左様、腹が減っては戦は出来ぬ、と申しますからな」

シスイはアキトの言葉に大きく頷いた。

アカネはそんなシスイに、呆れたように呟く。

「姉様、また戦の事ばかり……」

「まあ実際、本当にそうだからな。ということで頼んだぞ、ハナ」

アキトの発言に、ハナは頭の花と葉を振って応えた。

米や麦は収穫まで半年以上かかる。それがハナの力でどれぐらい早くなるかは、アキトには分からない。だが、一日でも早くなればそれに越したことはなかった。

セプティムスが再び口を開く。

「植物の成長を早める……木材や薬草の生産も、ハナ殿は出来るというわけか。では後は、衣類と住居。だが衣類は、優先度としてはそう高くない。一年程は新しい服を我慢させればいいでしょう」

「ある程度は家畜も連れていくから、年単位で見れば多少の供給は出来ると思う。だから、衣服はあまり考えていない。そこまで寒くなる地域でもないからね」

セプティムスはアキトの言葉に頷いて、質問を続ける。

「では、住居はいかがされます？」

「それはもう、ベンケーの独擅場だ。重い岩を運べるし、自由に加工することも出来る。それに、大工を連れて行けば、その腕力を向上させることも出来る」

「ほう、ベンケー殿にそのような特技が。それならば、住居をより早く建てられますな」

「最初は雨風を凌《しの》げる簡易的な住居で、とりあえず数を確保する。見た目も地味になるだろう。でも、そこらへんは地道に作り上げていくしかない」

質より数。最初は武骨な岩の街になるだろうと、アキトは新たな都市の景観を思い浮かべる。

「仰る通りだ。アキト殿、いくらか私からも提案してよろしいですか？」

「もちろん！　提案はいつでも歓迎だ」

「ありがとうございます、アキト殿。私の提案はこの際、道路と上下水道も一緒に造ってしまってはどうかということです」

「なるほど、確かに最初に造った方が、都市計画も進めやすくなる。だが、道はともかく、上下水道なんて作れる技術者は……」

「これは技能でもなんでもなく、ただの私の知識ですが、上下水道並びに道路の土木建築に携わったことがあります。野営地の設営の際、学んだものです」

セプティムスを始め、第十七軍団は古代の兵士であった。古代帝国の兵士は、敵地への行軍の際、道を整備していたという。アキト達がアルシュタートに来るまで通った街道も、侵略のためその古代の兵士が遺した産物だった。

「では、セプティムス。君はそれが出来るのかい？」

「はい、いくらかの軍団兵と人員がいれば。我が軍団兵は、実際に何度も現場では働いています。的確な指示を送れるでしょう」

「そうか、わかった。セプティムス、君の案を採用しよう。細かいことは、後でまとめたのを聞かせてくれ」

「はっ！」

セプティムスは声を張って応えた。

アキトは、リーンに続きセプティムスが提案をしてくれたことを嬉しく感じていた。もっと色々な提案が飛び交って、それを議論していく。

それが表立って出来なかった、軍師学校での日々をアキトは思い出す。

そんな中でも、議論を交わしたリヒトとアリティアを始めとした友人達。彼らは今、一体どうしているのだろうかとも。

「よし、これであらかた皆の疑問は解消したかな」

皆が一斉に頷く。

「ならばさっそく行動に移るとしよう！」

「「おう！」」

こうして作戦会議は終わり、アキトは早速、皆に指令を出した。

まずシスイとアカネに契約を更新した傭兵の訓練を。セプティムスに、第十七軍団に新兵を募集させよと。そしてハナとベンケー、リーンにはアキト自身が赴くアルス島への視察への同行を頼んだ。

かくして、アキト達はアルス島への入植に向けて、動き出すのであった。

一章十話　軍師、アルス島に上陸する

アルス島への移住が決まった日の三日後。

アキトを乗せた漁船は、アルス島に接岸しようとしていた。

「わーい!!　スーレが一番乗り!!」

スーレはそう言って、アルス島の白い砂浜に漁船から着地した。抱いていたリーンを高く掲げて、はしゃいでいる。

アキトも上陸すると、スーレに訊ねた。

「スーレは、アルス島は初めてってことだよな」

「うん！　どういうところか、すっごく興味があったんだ！　近くで見ても綺麗なところだね！」

「ああ。とっても綺麗だ……天国のような場所だな」

アルス島には中央に小高い丘があって、そこから緩やかな傾斜が沿岸に向かって続いている。

一面に続く草花の生えた草原。丘から流れる清流。人の手が入っていない原始的な風景がそこにはあった。

アキトは、その美しさ以上に神聖さを感じる。

アルシュタットからここアルス島には、漁船に乗って片道三時間ちょっとの船旅であった。

その三時間も、船が風に乗るまでの時間が大半。そのため、アルシュタットとはそれなりに近く、広場の神殿の屋根ぐらいであれば、十分に確認出来る距離であった。

とはいえ、アルシュタットから弓や魔法、投石を放っても遠く届かない距離。

住民全員の避難先としては、近くて敵をやり過ごすのに持って来いの場所だった。

「セプティムス達も上陸の用意をしているみたいだな」

アキトは、アルス島のすぐ近くに浮かぶ小島と、その隣の大型帆船を見て呟いた。

大型帆船はリボットが奴隷運搬に使っていた外洋船だった。この帆船を使って、南部の河川都市、遠くは西海岸まで奴隷を取引していたようだ。それ故やたらと船倉は広く、詰めれば人が千人以上は乗れる船だった。

大型帆船から小舟に降ろされる物資や木材は、アルス島で居住地を作るための資源だ。

アキトは、この居住区建設のリーダーにセプティムスを任命。同時に進める農地開拓には、ハナを任命した。セプティムスは建築、ハナは農業を担当するのだ。

帆船の隣からは、大きな水しぶきが上がる。

ベンケーが、海に飛び込んだせいだ。一気に重さがなくなった帆船はゆらゆらと揺れた。現場で建築土木の主力となるよう、アキトはベンケーを送り込んだ。

また、ベンケーには水中から上陸してもらうよう伝えた。

その際、水深を確認するようにとも。後々、港をつくるための下準備だった。

「アキト、早く丘まで登ろうよ！」

「ああ」

「頂上まで競争だよ！」

スーレは、頂上に向かってリーンを抱きながら走っていった。

アキトも駆け足になるが追いつかない。

丘まで登るのには理由があった。アルス島全体の把握。その周りに浮かぶ島の状態。どこに何を作るかを決めるためである。

すでに最初の居住区を作るのは、アルシュタットから一番近い小島に決まっていた。ここには昔漁村があったことも確認されていて、人が住むのに適した場所と分かっていたからだ。湧き水も出て、地盤も固すぎず柔らかすぎない。そういった地理的要因からであった。

セプティムス達は早速、小島に第一の居住区を建て始める。島名は仮称だが、一ノ島とアキトは名付けた。

「はあ、はあ……ようやく頂上か」

アキトはようやくたどり着いた丘の頂上で顔を上げた。

目の前には大きな湖、その中心には白い柱が。湖の沿岸は砂浜となっており、まるで海がもう一つ島の中にあるような光景だった。

すでにスーレはリーンと共に湖で水浴びをしているらしい。

水をかけるスーレと、体をうねらせ水を返すリーン。

「あ！　アキトだ！　遅いよ！」

「はあ、はあ。スーレが早すぎるんだよ」

「またスーレの勝ちだね！」

「勝てる日が来るとは思えないな……俺はしばらく周りを見てる。リーン、スーレの護衛を頼むぞ」

「はい、アキト様！　お任せください！」

アキトは海側に目を向け、湖の周囲を時計回り、北側に向かって歩き始めた。

居住区を建てる予定の次に見えてきた島。それなりに大きく、平たい。草原と木々。ここは農地に適しているようだ。アキトはこの島を二ノ島と名付ける。

次に見えてくる島は、その二ノ島よりも少し小さいが全く同じような草原と木々が広がる。農地は多い方が良い。休耕地を設けることも出来る。アキトはここも農地と定め、三ノ島と名付けた。

潟湖を形成するサンゴの堤が見えてくる。そこから外の沖にすぐに見える島には、木々が生い茂る。ここはアルス島の次に大きい島だった。柑橘類等の果物も自生しているようだ。さすがに大型の船を造る大量の木材は賄えないので、少量の木材、野草や木の実、薬草などを取る島とアキトは決める。ここは四ノ島と名付けた。

アキトはアルス島の沖側、一番東側にやってきた。そこから見える水平線には島はおろか陸地は見当たらない。あの向こうに、東の大陸、更にその向こうにアキトの故郷がある。

アキトはそこから更に時計回り、南側に向かうことにした。

すぐに見えてきた島はヤシの木が数本生い茂るだけの小島だ。せいぜい家が十数軒建てられる広さ。ここは五ノ島と名付けた。

そこから歩くと、今度はアルス島の真南に島が見える。ここも広く、アルス島、二ノ島に次ぐ広さだ。特徴的なのは島の中央にそびえたつ山。小島に似合わないその山の頂点は、ここアルス島の頂上より少し高い。沿岸にはわずかの陸地。何かしらの鉱物が取れなくもないかもしれない。アキトはこの島を六ノ島と名付ける。

最後に見えてきた島は、再び潟湖に浮かぶ島だった。

一ノ島と同じぐらいの広さ。草原と木々が広がる。ここも居住区を建てるのに適していた。アキトはこの島を七ノ島と名付ける。

アキトは、頭の中で島の名とその特徴を整理する。

一ノ島と五ノ島、七ノ島は居住地向き。

二ノ島、三ノ島は農業や畜産業に適している。

四ノ島は、森林。

六ノ島は、鉱物が取れる可能性がある。

予想以上に、資源が自給自足できそうな場所だ。アキトは早速アルシュタットに帰って、計画を推し進めようと思うと、不意にスーレから声がかかる。

「アキト!!　ちょっとこっち来て！」

「うん、どうしたスーレ？」

アキトは、スーレの「こっちこっち！」という声に付いていく。

「ここ見て！」

スーレがアキトを連れてきた場所は、地下に続く白い石造りの階段だった。

「何だここ？　神殿か何かかな」

「ねえねえ、中、何があるのかな？」

「大司教が祭祀にこの島に上陸するって言っていたな。ここは多分、その祭祀場か何かだろう」

「お祭りをする所ってこと？」

「そういうことだね」

アキトの声を聴いて、スーレは目を輝かせた。

「ねえ、ここ入ってみようよ！」

「え？　まあ、調査の一環だから、把握はしておかないとな。待ってくれ……松明《たいまつ》に火をつけるから」

アキトがそう言う前に、スーレはリーンと一緒に階段を下って行った。

「ちょっと、スーレ！」

すぐにアキトは松明を持って、その後を追う。

階段を下りた先の通路は、使われている建物のように明るかった。壁に掛けられたランプの中には輝石といって、輝きを失わない石が灯火の代わりに置かれていた。帝都でも宮殿に用いられるような貴重品だ。

それが何故このような場所で使われているのだろうと、アキトは不思議に思ったが、何にしろ、ここはそれだけ重要な場所らしいと、理解する。

スーレはリーンを抱きかかえたまま、三叉の槍を持った女神像の前で立っていた。だが、像はフードを目深く被っており、その表情は完全には分からない。

「綺麗な人……」

アキトも女神像の顔をのぞき込む。笑っている口元、しかし、目元は分からなかった。それでも、スーレと同様に綺麗な人と思うのであった。

荘厳さや神聖さがそう思わせるのだろうか？　アキトはそんなことを考えながら、この女神の像のある部屋を見渡した。

だが、この部屋には女神像以外、何も存在しなかった。ただの神殿だから帰ろう、アキトが声を掛けようとすると、スーレは女神の像の槍をさわさわと撫でていた。

「スーレ、壊したら……って、ああ！」

女神像からするりと滑り落ちる三叉の槍。槍は石製だったので、床に落ちた瞬間ガシャンと割れてしまった。

スーレは目を見開いて、アキトの顔を見る。

「ど、どうしよう……」

「……ごめんなさいって謝るしかないな。大司教にも報告するとして、とにかく、破片を集めよう」

「女神様、ごめんなさい……」

石像の破片を拾い集めていた時、スーレが綺麗な石に気が付いた。

「あれ？　アキト、この石」

「うん？　宝石か何かか？　真っ黒いな」

スーレが拾い上げた石は真っ黒だった。しかし、仄《ほの》かに白い光を放っている。

「これ、どうしようか、アキト？」

「女神様に返すか？　いや、大司教に聞いてからにしよう。女神様……本当に申し訳ありませんでした」

アキトは立ち上がると、女神像へ深く頭を下げた。スーレも同様に、深く頭を下げた。

二人はとりあえずこの神殿を後にして、アルシュタットへ帰ることにする。

「待ってください、アキト様！」

「まだ何か気になることでもあるのか？　リーン」

「いえ、帰るならこうしようと思って……えい！」

リーンはおもむろに体の形を変えた。

スーレはそれを見て驚きの声を上げる。

「わあ、リーンが船になっちゃったよ！」

「これであの小川を下りましょう。流れも緩やかですので、大丈夫です！」

リーンはそう言って、小川まで船のまま地べたを這いずる。

「リーン、助かるよ」

「私に出来ることはこんなことぐらいですから……」

リーンは少し寂しそうな声で謙遜するが、すぐに元気な口調に戻り続けた。

「……さ、お二人とも！　アルス島清流下り、出発いたします。お早く乗船の程を！」

「わーい!!」

スーレは躊躇なくリーンに乗った。

「ありがとう、リーン。お前は本当によくやっている。リーンが思う以上にな」

「アキト様……ありがとうございます」

「さ、リーン。俺達を海まで頼んだ。安全運転で頼むぞ！」

「はい！」

アキトもスーレに続いてリーンに乗る。

「では、お二人とも。しっかり掴まっていてください！　出発します！」

リーンは小川に漕ぎだすと、アキト達を乗せて一気に下っていく。

「ま、待った!!　もっとゆっくり!!」

アキトはあまりの速度に、そう叫んだ。

だがスーレの方は上機嫌だ。手を上げてはしゃぎ、叫ぶ。

「わああ!!　気持ちいい!!」

アキト達が漁船に戻るまで十分もかからなかった。

一章十一話　英雄、名乗りを上げる

アキトがアルス島に上陸した頃。

大陸西海岸、メーリヒス伯領南部メルティッヒ近郊にて、帝国軍と南魔王軍は対峙していた。

南魔王軍は大陸西海岸の南部、ストラーニ伯領を占領、略奪。その後北上し、ここ大陸西海岸中央のメーリヒス伯領へと侵攻した。

六万の南魔王軍を率いるは、オークの一族長アエシュマ。

アエシュマは先のアンサルスの戦いで、アルフレッド王子と共に天幕で策を練ったオークの将軍であった。第二次南戦役の初期から南魔王軍の一兵士として戦った彼は、帝国軍をよく知っている歴戦の戦士でもある。

四万の歩兵と、二万の騎兵。彼ら南魔王軍の兵士は、アンサルスと変わらず、武具を身に着け、隊列を組んでいた。

それに対して帝国軍は、三個軍団を中心とした四万人をこの国境線に動員した。三万の歩兵と一万の騎兵である。

今回はアンサルスの戦いと違い、数の上で帝国側の劣勢だった。

だが、帝国はなんとしてもメルティッヒを守らなければならない。

ここが落ちればメーリヒス伯領はもちろん、西海岸の領地は全て帝都から隔絶されてしまう。

元老院はこの事態に、プライス将軍を派遣した。

老練かつ慎重なプライス将軍。第二次戦役では、軍師学校のエレンフリート学長の案を受け入れたこともある。

彼は、三個軍団の軍団長と共に、軍師学校の生徒が論を交わすための幕舎に来ていた。

中央に腰かけるエレンフリート学長。その隣にはプライス将軍と軍団長達。

彼らの前、大きな机に広がるのはメルティッヒ近郊の地形図。そして、その上に乱雑に置かれたいくつもの駒だ。

それを取り囲むのは真剣に地図を見つめる生徒達。教員や軍団付きの軍師も参加しての、本格的な作戦会議だった。

生徒達による活発な議論が聞ける……。

プライス将軍のその予想とは裏腹に、幕舎は静かなものだった。

「先の大戦、アンサルスでは確かに我が帝国軍は破れました!! それは策が悪かったのではない！敵が武具を用意していたからだ!!」

静寂の中、一人の男がそう叫んだ。リュシマコス大公の長男セケムである。

セケムはアンサルスの敗戦後も、学長であるエレンフリートをしきりに擁護していた。

否定することは、自分の過去の立案も否定することになる。それに軍師学校と軍師協会での評価も落ちることになるからだ。

エレンフリートは強弁するセケムを、頷きながらも晴れない顔で見ていた。

かつてのアンサルスの時のような笑みはなく、常に眉間にしわを寄せている。白髪交じりの髪は、どことなく艶を失っているようだった。

これではアンサルスの敗戦の釈明。プライス将軍は、思わずため息を吐いた。

「では、セケム君。我が帝国軍はあの時と同じく、中央に歩兵、両翼に均等に騎兵を配置。そして、両翼からの包囲戦術を採ればよいのかね？」

「え……はい！　包囲戦術は我が帝国軍の栄光ですから！　あ……ただ少し兵の配置を……えっと」

セケムは、駒をああでもない、こうでもないと動かす。

プライス将軍は相手はまだ子供、と助け船を出すことにした。

「さて、学長閣下はどう思われるかな？」

そのプライス将軍の言葉に、エレンフリートは一瞬体をビクつかせた。

「ふむ……包囲を狙うのは正しいでしょう」

エレンフリートはただ一言、そう答えた。自信なさげな表情、声に張りもない。

エレンフリートは先の敗戦から、時間が経つにつれ自信を失っていた。

帝国軍が南魔王軍を圧倒していた時代。ただ騎兵を両翼から走らせて、囲めば勝てた十年前。

その策がアンサルスでは通用しなかった。そしてその無敵の戦術に代わる戦術、というものをエレンフリートは考えられなかったのだ。

臨機応変に戦術を変える能力が、エレンフリートには不足していた。

だが、それをわきまえて、黙っているエレンフリートでもない。

「しかし、少し布陣を弄る必要がある」

エレンフリートは独り言のように呟いて、指揮棒で駒を動かしていく。

「中央の歩兵は変えぬ。だが両翼の騎兵の配置を弄った。これならば……」

自らの布陣を見てエレンフリートは、思わず言葉を詰まらせた。

今、自らが提案した布陣は、かつてアンサルスでアキトが示した布陣と同じだった。

アキトの顔を思い出し、不快感を抑えられないエレンフリート。

それを不思議に思いながらも、プライス将軍は卓上の布陣を評した。

「中央に騎兵を置き、臨機応変に両翼へ騎兵を分けるのか。良い案ではないか」

プライス将軍は、更に続ける。

「敵の頭目アエシュマは、アンサルスの戦いでもアルフレッド王子の指揮を補佐している。敵も包囲を狙ってくるのは確実。敵の出方を窺うのは、良い案かもしれぬな」

そのプライス将軍の言葉に、軍団長、軍師、生徒は皆うんうんと頷いた。

だが頷かない者もいた。一人は少し不満そうな顔を浮かべるエレンフリート。

自分の布陣が肯定されているにもかかわらず、その布陣が図らずもアキトと同様になってしまったと、素直に喜べないのだ。

そしてもう一人はリヒト……リーンハルト・フォン・ロードスであった。

「皆、今日は良い案が聞けた」

プライス将軍はそう言って、頭を下げる。だが、本心では、これではエレンフリート一人に意見を聞いただけと、肩を落としていた。

「早速皆の策、軍団長共々、検討して……」

「お待ちを、プライス将軍」

プライス将軍を呼び止めたのは、リヒトだった。

「リーンハルト！　貴様、軍の全権を預かる将軍に対して失礼だぞ!!」

セケムは透かさずリヒトを責めた。

プライス将軍はセケムを一瞥することもなく、リヒトに向かって訊ねた。

「ほう、若きロードス選帝侯閣下……いや、ここではリーンハルト君と呼んだ方が良いかな？　何か意見があるのかね？」

「はい、僭越ながら私の策を聞いていただければ、と思いまして」

「よろしい。聞かせていただこうか」

プライス将軍は再び席に着く。

「プ、プライス将軍。しかし」

そう言って、きょろきょろと周りを見るセケム。エレンフリートの顔を見るも、ただ黙っているだけだ。セケムはただおとなしくするしかなかった。

「ありがとうございます、プライス将軍」

場が静かになるのを確認すると、リヒトはプライス将軍に礼を述べた。

「帝国は常に勝利を求めている。勝利のためならば時間は惜しまんよ」

「では、早速我が案を……だがその前に、一言言わせていただきたい」

リヒトは卓へ向き直ると、幕舎全体へ語り掛けるように言い放った。

「アンサルスの戦いは、負けようがない戦だった！　数でも質でも、我々は勝っていた。半ば奇襲のような形で宣戦布告したのも我ら帝国。負けるのがおかしい。あれだけの死者を出したのは、愚かな作戦を考えた者、兵を率いた者、そしてそれを止められなかった者の責任に他ならない！」

その半ばあてつけとも取れる言葉に、セケムとエレンフリートは思わず体を震わせた。

リヒトは二人を殊更、追及しようとしたわけではない。アキト同様敗けると知っていたにも関わらず、戒めのための敗北を望み、止めようとしなかった自分への憤りを強く感じていたのだ。

しばしの沈黙の後、プライス将軍は口を開く。

「……ほう。ディオス大公も同じことを仰っていたな、全て俺の責任だと」

「ですからプライス将軍にも同じ責任を負っていただく。そしてこれから策を披露する私も、責任を負わねばなりません」

「その覚悟は私も同じだ。戦を終えて、戦死した部下に謝るのを忘れたことはない。では、同じ覚悟を持つ君の策を聞くとしよう」

リヒトはプライス将軍の言葉に深く頷くと、卓上の駒を動かしながら、説明を始めた。

「此度は我が帝国軍が数の上で劣勢。装備の質では、確かに我々がまだ勝っています。しかし、今回の戦では、〝アキト〟が以前提案したようなこの布陣は通用しない」

リヒトから発せられたアキトという言葉に、エレンフリートは怒りがこみあげてくる。

自分がアキトを真似たと、そしてそれが今回の戦いでは悪手だというのだから。

だが、自分の生徒とは言えロードス選帝侯その人。エレンフリートはリヒトを止めることはできなかった。

リヒトは布陣を変え終えた。それは騎兵主力を右翼側、少数の騎兵を左翼に配し、中央に歩兵を置くものだった。また、右翼側には少数の軽装歩兵も配置されていた。

皆が不思議そうに卓上を見るのは、陣形の角度のせいだ。

敵の平行な布陣に対して、帝国軍は右翼側よりも左翼側を大きく後に配した陣形だった。

敵の平行に置かれた駒に対して、四十五度の角度を付けた陣形。

なんだこれは、と思わず笑いそうになるエレンフリート。これでは左翼側が、右翼側よりも接敵が遅くなってしまう。

だが、本当に笑ってしまう者が一人。セケムだ。

「馬鹿かお前は?!　こんな布陣に何の意味がある!!」

「セケム君。まずはリーンハルト君の話を聞こう」

プライス将軍が、セケムを諌めた。

セケムはそれを聞いて逆上する。先程、将軍を敬えとリヒトに言っていたのにも関わらずだ。

「な、なんだとぉ!　この平民上りの貧乏人が!!　私を誰だと思っている?!」

「セケム君!!」

エレンフリートは思わず怒鳴りつけた。

「まずはリーンハルト君の話を聞きましょう……異論はそれからだ」

「は、はい……エレンフリート学長」

エレンフリートの一喝に、セケムは驚き、押し黙った。いまだかつて、こうやってエレンフリートに叱られたことはなかったのだ。

「申し訳ない、プライス将軍」

「気になさるな。平民の元貧乏人出身であるのは確か。……だが、帝国を思う気持ちは人一倍だ。目の前のリーンハルト君と同じようにね」

プライス将軍は再びリヒトへ顔を向けた。

リヒトは頭を下げると、布陣の狙いを述べ始める。

「まずアンサルスの戦いと大きく異なるのは、今回我が帝国軍が正面から敵と押し合っても、勝てないということです。数の上で負けている以上、戦が長引けば必ず負けるでしょう。そこで、我々は何かしらの方法で、敵の急所を突かなければいけません」

「ふむ、してその何かしらの方法と、この角度を付けた布陣に何の関係が？」

「敵もまた、騎兵を集中して運用してくるでしょう。それが我が右翼か左翼のどちらかに向けられるかは分かりません。だがどちらにしろ、我が騎兵主力を置いた右翼で勝つためには、手薄な我が左翼が少しでも長く耐えなければいけません」

「ほう？」

「左翼側の接敵を遅くすることによって、右翼が決定的打撃を与えるための時間を稼ぎます。またその打撃力に応えるため、中央の歩兵は右翼側に近くなるほど古参兵を配します」

「ふむ。角度を付けたのは、脆弱な左翼側の戦線を少しでも長く維持するためということか」

プライス将軍はリヒトの言葉に納得したように頷いた。

だが、納得がいかないエレンフリートが口を挟む。

「どうかな。そもそも敵も我が右翼に騎兵主力を差し向けたら、包囲どころではないではないか。我が右翼が抑えられている内に、脆弱な左翼が食い破られる。かといって敵が我が左翼に騎兵主力を向けた場合、必ず我が右翼を妨害する戦力を敵は左翼に残してくるはずだ」

「はい、ですので我が右翼が接敵する少し前に、更に右側、東側に走らせます」

「敵左翼を迂回するということか？　だが、敵騎兵、主にケンタウロスも我らと変わらぬ速度。東の果てまで睨み合って、走ることになるぞ」

「いえ、十分に敵左翼と敵中央の距離が開いた時、接敵します。そして、その接敵の直前に右翼の騎兵を分けるのです」

「無理だ！　まず接敵をする機会を見極めるのが難しい。が、今はそれは置いておこう。敵が左翼、我が右翼側に騎兵主力を配していた場合、敵も騎兵を分けるだろう。逆に敵左翼が足止め役だったとしても、軽装歩兵をその左翼後方に配しているはずだ」

　エレンフリートとリヒトの応酬。皆、黙ってそれに耳を傾ける。

「そこで、無理して我が左翼から右翼に捻出した軽装歩兵が生きてきます。敵が騎兵を分けてきた場合も、軽装歩兵を繰り出してきた場合も、我が右翼の軽装歩兵が敵左翼に向かいます。足止めは一時的でいい。我が右翼から分けた騎兵が、敵左翼から離れるまでのわずかな時間さえ稼げれば。そこから臨機応変に半包囲なり側面攻撃なりを、分けた騎兵が行います」

　リヒトの回答に静かにだが、頷く者も出てきた。

　エレンフリートはそれを見て、焦ったようにまくしたてた。

「ろ、論だけならば何とでも言える。先も言ったが、その右翼の騎兵を接敵直前で分けるなんて、そんな高等なことができるはずがない！」

「できます。私と私の師駒なら」

　リヒトははっきりと言い切った。

「な……な、なんだと?!」

エレンフリートは思わず、間の抜けたような声を出してしまう。

だが、リヒトの思わぬ発言に狼狽するのは、エレンフリートだけではなかった。幕舎中の人間がざわつき始める。

だが冷静さを失わないプライス将軍は、リヒトに問いかける。

「つまりはリーンハルト君。前線指揮官を買って出ると?」

「はい。右翼の指揮権を頂きたい。我が策の成就は、我が力無しでは考えられません」

きっぱりと、リヒトはプライス将軍に答えた。

それを聞いたエレンフリートは憤慨する。

「ば、馬鹿者！　貴様のようなひょろひょろの若造が、前線で戦うだとっ?!　ふざけたことを言うな!!　戦争はなあ、お前みたいなおこちゃまが考えているほど、甘くないんだ!!」

「お、お父様！」

少し後方で、エレンフリートを諫める声が。軍師学校の生徒でもあるエレンフリートの娘、エルゼだ。

エレンフリートも目を丸くする周囲を見て、息を切らしながらやってしまったと後悔する。

また、如何《いか》に生徒とはいえ、選帝侯相手に馬鹿者などと言ってしまったことに。しかも、リヒトはすでにアンサルスで多少なりとも戦い、名を上げているのだ。

これでは、まるで自分が苦しくなって癇癪《かんしゃく》を起こしているようではないか。エレンフリートはひどく恥じ入った。

「確かに、私はまだ若く未熟かもしれない。実際に戦ったのも、小競り合いやアンサルスの撤退戦だけだ。だが、我が策を成し遂げるには、どうしても我が力が必要なのです」

嘘偽りのない目。滲み出る絶対的自信。皇帝と何度も拝謁しているプライス将軍は、リヒトに君主の器を見た。

一方のエレンフリートは、リヒトの言葉に二の句を継げない。発言の内容は看過できないが、後悔をしている今、とても口を開けなかった。

場はすっかり凍り付いてしまった。沈黙を破ったのは、またしてもプライス将軍だった。

プライス将軍は、ぱちぱちと拍手をした。軍団長達も、それを見て拍手をする。それはやがて、生徒や教員、軍師達からの拍手を誘った。

プライス将軍は拍手を止めて、周りもそれに倣《なら》い静かになると、口を開いた。

「素晴らしい、これこそ私が求めていた軍師学校の風景。既存の発想にとらわれず、生徒が自由に策を提案する。教師はその弱みを洗い出す。最後は少し感情的になってしまったようだが……そうして出来上がった策は、素晴らしいものになるだろう」

「光栄です、プライス将軍」

「リーンハルト君。君の策はこれから我々だけで、他の策とも比べてみる。もし君の策を採るのであれば、君の指揮官の申し出も検討しよう」

「はっ！　ありがとうございます、プライス将軍」

リヒトは礼を述べて、頭を下げた。

「諸将、そして軍師よ。熱も冷めぬこの場で、我らは作戦会議を続ける。生徒諸君、今日はありがとう。解散を命じる、ここから退出するように」

プライス将軍の声に、リヒトを始めとした生徒と教師たちが「はい」と答え、退出していく。

エレンフリートもまた席を立ち上がるが、その肩に手を乗せるプライス将軍が声を掛ける。

「エレンフリートよ。我らは変わらねばならぬ。今までと同じ戦い方では、我らは滅びる。幅広い案を取り入れねば。お前もここで会議に加われ」

「……」

プライス将軍の言葉に、エレンフリートは何も答えられなかった。

南部のディオス大公からも自分の策を無視され、今また昔の戦友にも説教をされる。

それでもエレンフリートは、自分を変えることが出来なかった。過去の眩《まぶ》しすぎる栄光は、彼から謙虚さを奪い、傲慢な男へと変えた。エレンフリート自身も、それを自覚していた。自分が元々大した男ではないことも。

だがその傲慢さが帝国の利益を損ね、多数の血を流させていることは、彼には自覚できなかったのである。

エレンフリートはこの後もプライス将軍の横に座り続けるが、ついに会議が終わるまで口を開かなかった。

※

幕舎を出て、リヒトは南魔王軍の布陣を眺めていた。

そのリヒトの後ろから女性の声が。

「リヒト……」

「アリティアか、どうした？」

声の主は、第一皇女アリティアであった。リヒトと同じく、アキトの幼い頃からの親友だ。

「いや、あなたが声を上げるなんて思わなかったの。あれだけ、コテンパンにされてしまえって言ってたのに」

「ふ……アキトがいない今、誰が奴らの愚かしさを糾弾するのだ。アキトの策を俺は代弁したにすぎん。君が声を上げてくれるなら、俺は黙っていたが」

「まさか皇女が口を出すわけにもいかないでしょ。言っても、エレンフリートがにこにこ当たり障りのない言葉で誤魔化すだけよ」

「そんなことを恐れさせてるから、この学校は駄目なのだ。生徒の誰もが、意見を出す。そしてその中から、優秀なものが選ばれる。こんな簡単なことが出来ないとは、言葉を失う。いや、元老院からして同じようなものか」

リヒトは呆れたように呟いた。

アリティアは、心配顔でリヒトへ訊ねる。

「ねえ、騎兵の指揮官の事だけど……」

「ああ、一番重要な役割。帝国軍全体の槍の穂先だ。俺が直接指揮をとらねば、最大の打撃は与えられん」

「本気？　死ぬかもしれないのよ？」

「死ぬかもしれない案、いや確実に誰かは死ぬ案を出すのだ。自分の命を特別扱いにはできん」

「そうね……」

心底心配そうな顔で、アリティアは呟く。

「そんな顔をするな、アリティアよ。俺は絶対死なん。君とアキトと、共に志を成し遂げるまでは」

「いっつもそんなこと言って……どこからそんな自信湧いてくるのよ」

「湧くものではなく、事実を言ってるだけだ」

「はあ……本当、この変な自信だけは、アキトも私も分からないわ」

いつものリヒトの調子に、アリティアは半ば呆れた表情を見せる。

「だが、俺が死なず作戦を成功させるためには、アリティア、君の力が必要だ」

「どういうこと？」

アリティアは真剣な顔に戻って、リヒトに聞き返す。

「君の師駒の力を、再び俺に貸してもらいたい」

「それはもちろん。私は前線に出れないけど、師駒達には今回戦いに参加してもらうつもりだったわ。侍人棟から、ルークを三人連れてきてる。皆、B級よ」

「そうか、ならば存分に腕を振るってもらおう」

リヒトはそう答えると再び南魔王軍の布陣を見つめる。

その目には、すでに勝利が見えていた。

アンサルスと西海岸での度重なる勝利に沸く南魔王軍と、旧態依然とした帝国軍との戦い。

その幕が切って落とされようとしていた。

一章十二話　英雄、雷鳴を轟かす

「師駒はこれですべてか？」

慌ただしく戦闘準備が行われる帝国軍の陣地で、リヒトは部下に訊ねた。

そのリヒトの前には、数十体の師駒。彼らはリヒトとアリティアの師駒。それに軍師達から送ってもらった師駒達であった。

「は、総勢で三十五名でございます。リーンハルト様」

リヒトの前に歩み出てそう答えた大柄な金髪の男は、リヒトの最初の師駒にして最強の師駒、クリストフであった。

立派な黄金の鎧と、黄金の斧。王冠のような飾りがついた兜も黄金だ。

帝国の師駒管理局では、B級のキングという格付け。

「うむ。相分かった。……皆、ここに集まってくれたこと、君達を派遣した主人と、諸君に感謝申し上げる」

リヒトは、師駒達にそう言い放った。

「早速だが、配置の確認を行う。ルークは歩兵隊の左翼側。ナイトは俺に追従。ポーンは歩兵右翼側と、右翼騎兵に続く軽装歩兵の二手に分かれる。すでに割り当ては、このクリストフから伝わっているな」

師駒達は皆、うんうんと頷く。

「よろしい。では、クラスごとに頼みたいことがある。先ほど君達の主人から、個々の能力を見せてもらった」

リヒトはまず、六名のルークに呼びかけた。

「ルーク達は、接敵してしばらくしたら、防御系の技能を使用してもらう。左翼側の戦線を何としても維持せよ。また先も申したが、騎乗のできる一部のルークは、私に付いてきてもらおう」

「「「承知」」」

顔まで覆った黒い兜の男たちは、自身の黒い大盾を叩いて応えた。アリティアの誇るB級のルーク達だ。

シャッテン、オンブラ、スカー。鉄壁を誇る三兄弟。

その中の長兄シャッテンは、リヒト率いる騎兵に同行する。

彼ら三人兄弟は一時的ではあるものも、広範囲の防御力向上、防護結界の展開も出来た。

リヒトは次に、師駒達の大半を占める二十人のポーンにこう続ける。

「さて、ポーンよ。君たちは皆、言ってしまえば我が利き手。ルークが盾なら、槍だ。君たちはひたすら攻撃を仕掛け、一歩でも戦線を押し上げることを考えよ。技能の使用は各自の判断に委ねる」

更にビショップに目を向けるリヒト。三名ほどの魔法使いだ。

「君達ビショップは、少し忙しい。魔導士隊を率い、右翼の攻撃を支援した後は、左翼の支援に向かってもらう。劣勢になるだろう左翼の回復を行い、少しでも長く戦線を持たせること」

皆、リヒトの言葉にただ頷いた。

そして最後に、ナイトの六人に向かって告げる。

「さて、ナイトの諸君。君らは私の護衛。そして、槍の穂先となる。技能の使用は、私が適宜指示する。一騎も離れぬよう頼んだぞ」

「旦那、本当に付いていくだけで良いんですかい？」

そう訊ねたのはリヒトの師駒、C級のナイト、ルッツだ。

リヒトのような長身だが、その髪はリヒトよりも黄色く、髪は肩まで伸ばして巻きがかかっている。飄々とした雰囲気に、浅黒い肌。ナイトに似つかわしくない軽装の薄い鎧は、特に塗装も彫刻も施されておらず、鉄そのものだ。剣も細く、派手さが全くない。ポーンと言われても、納得がいく出で立ちだ。

この兜すらつけていないルッツは、リヒトの二番目の師駒だ。アンサルスやセケムとの決闘では、アキトと共に戦った。

リヒトは少し笑みを浮かべる。

「ルッツは私から離れれば最後、どことも知れぬ地の果てまで駆けてしまうだろう」

「うむ。どこに行ってしまったと周りを見れば、いつの間にかはるか地平線の先だからな。前など、我らが東に向かったのに、貴様は西へ向かったというではないか」

クリストフもそう言って、リヒトと笑う。

「なんだぁ二人とも！　俺を馬鹿にして！　俺は方向音痴じゃねえ！」

ルッツは恥ずかしいのか、声を荒げた。

周りの師駒も、おかしくなったのか、笑いが巻き起こる。ルッツは軍師学校の師駒達の間でも、方向音痴として有名だったのだ。

「それだけ貴様は正直で真っすぐだ、と褒めているのだ。こたびもその脚、私のため走らせよ」

「そりゃもう。ここにいる皆、置き去りにしてやりますぜ！」

ルッツは自信ありげな顔で答えた。

「その意気やよし！　さあ、諸君。これにてお別れだ！　次に全員が会うときは、我が帝国が勝利するとき。必ずや我らの手で勝利を掴み、祝杯を上げようぞ!!」

「「「おお！」」」

リヒトの呼びかけに、師駒達が一斉に応え、各々の持ち場に向かう。

この一部終始を見ていたのは、プライス将軍と、今会戦で帝国騎士団を率いてきたフェルモであった。

壮年の帝国騎士フェルモは、プライス将軍に訊ねる。

「ふむ……プライス将軍、本当によろしかったので？」

「ああ、もう決めたことだ。全ての責任は私にある」

昨日リヒトが作戦会議で披露した布陣、戦術を、プライス将軍は全面に渡って採用した。

リヒトが昨日幕舎を出て、プライス将軍は軍団長、軍師達と協議した。騎兵を両翼に均等に配し、包囲を狙う伝統的な戦術を推す声も根強かったが、リヒトの案はそれなりの評価が得られた。

しかし、リヒトに右翼の騎兵主力を任せることに賛成する者はいなかった。

ただ一人、プライス将軍を除いては。

協議は深夜にわたって繰り広げられた。歴戦のプライス将軍ですら、一度にそこまで長く作戦を協議したことはなかった。議論は拮抗し、終わりが見えなくなる。最終的な判断を下したのは、プライス将軍であった。

「……我ら帝国騎士は、ただ将軍の命に従いましょう。だが、彼が将の器でなかった時、私がすぐに指揮を代わる」

「うむ、それはもちろんだ。だが、それはないだろう。任せたぞ、フェルモ」

フェルモは根拠のないことを、と内心毒づき、騎乗する。

「さあ帝国騎士達よ！　若きロードス選帝侯をお守りいたすぞ!!」

フェルモは、帝国騎士たちに檄を飛ばした。

帝国騎士八千。騎乗する騎士も、その馬も重厚な鎧を身に纏った超重装の騎兵集団。

それが帝国軍の右翼、騎兵主力であった。彼らは馬を進ませ、本陣を後にする。

その騎士たちの先頭を行くのは、リヒトと師駒であるナイト。リヒトの隣にはフェルモが馬を並べて走らせる。彼ら右翼騎兵達が先頭になるように、帝国軍は斜めに陣形を進ませるのであった。

※

南魔王軍と帝国軍の戦いは、両軍の飛び道具、魔法によってその火ぶたが切って落とされた。

南魔王軍の布陣は、歩兵を中心に左翼に騎兵主力、右翼に少数の騎兵という布陣であった。

つまりは帝国軍右翼の騎兵主力、と南魔王軍左翼の騎兵主力が激突することになったのである。

両軍の戦力は、帝国軍右翼の騎士八千に対し、南魔王軍左翼のケンタウロスを中心とした機動軍七千だ。帝国軍の騎士の後方には、一千の軽装歩兵がその脚で駆けていた。

そして帝国軍左翼の騎士二千に対し、南魔王軍右翼の機動軍三千。これは戦闘が長引けば、帝国軍は左翼から崩壊することを意味していた。

両軍の飛び道具での攻撃が止む。それは歩兵同士が衝突する合図でもあった。

まずは帝国軍右翼側の歩兵と、南魔王軍左翼側の歩兵が衝突する。次第にそれは帝国軍の左側、西側でも見られるようになった。

歩兵が衝突を始めたその頃、リヒト率いる右翼騎兵は、南魔王軍左翼を前にして、東へ大きく転回した。

南魔王軍の左翼は迂回するのか、自分達左翼の機動軍を包囲するのか判断できず、帝国軍右翼の騎兵を追わねばならなかった。

帝国軍の騎兵主力、南魔王軍の機動軍。彼らは互いに、併走するように東へ駆けていく。

「ロードス選帝侯!!　まだですか!!」

フェルモは馬上から、リヒトへ訊ねた。

「まだだ！　今少し耐えよ!!」

リヒトは大きな声で叫ぶ。

帝国軍左翼が、敵の右翼と衝突する少し前。そして敵の右翼と中央が大きく開いた時。その絶妙な時機を、リヒトは窺《うかが》っていた。

針の穴を通すかのようなその短い時間の見極めを、リヒトは自分でしかできないと思っていた。そしてリヒトは、十分に敵左翼を惹きつけたのを確認すると、こう発した。

「西へ回頭だ!!」

リヒトのその命に、騎士たちは綺麗に二つ分かれる。一方はそのまま敵左翼の機動軍へ突撃。もう一方はリヒトとともに、敵中央後方へと向かう。

だが案の定、敵左翼も騎兵を分け、リヒト率いる分遣隊三千に向かってくる。

リヒトは予定通り、後ろへ続く軽装歩兵一千へ、その機動軍を擦り付けた。

敵左翼は完全に足を取られてしまった。それを尻目に、リヒトたちは敵中央の後方を目指す。

「お見事!!」

綺麗に決まった。これで自分達右翼の分遣隊を邪魔する者はいない。フェルモはリヒトへ賛辞の言葉を送った。

だが、リヒトは少しもホッとした様子を見せない。騎士たちに向け、さらに発破をかける。

「まだ終わっていない！　もっと！　もっと早くだ！　我が左翼が持ちこたえられるまで、死ぬ気で駆けよ!!」

「「おう!!」」

リヒトの言葉に皆が声を返した。

この時、帝国軍左翼と、南魔王軍は激突していた。アリティアの師駒は、防護魔法を繰り出し戦線を維持しようとしている。

それでも帝国側が圧倒的劣勢。左翼の戦線が崩壊すれば、堰を切ったように右翼側の戦線が崩れると、リヒトも理解していた。

アリティアは戦況を本陣近くから眺め、ただ皆の無事を祈っていた。

※

アンサルスでの一件のせいで、アリティアには今回皇帝が派遣した見張りが付いている。彼らはアリティアの行動を逐一監視し、決して前線には出さないよう、命を受けていた。

アンサルスでの撤退戦は成功したから、まだ皇帝から怒鳴られるだけで済んだ。しかし、本来であれば軍師学校を退学させられてもおかしくなかった。

幕舎でも戦場でも、何も出来ない自分。アリティアはそんな自分を情けなく思った。

もう一人、戦況を眺める者の影が。それは軍師学校の学長、エレンフリートであった。彼は戦況を見るも、内心は帝国を応援できなかった。

あのリヒトの立案で負けてしまえば……リヒトやプライス将軍に、それ見たことか、と言いたい。そうすれば自分のアンサルスでの敗戦も、少しは恥ずかしくなくなるだろうとも、エレンフリートは思っていた。

いつしかエレンフリートは、帝国の勝敗よりも自分のメンツを気にし始めていたのだ。

※

リーンハルト率いる三千の騎士は、今まさに敵歩兵左翼側の横から、その後方へと回り込もうとしていた。

勝った……帝国騎士であるフェルモはそう思った。十年前と変わらない、敵の背中を取ったと。

だが後方へ回り込んで、目の前に飛び込んできたのは、こちらへ向かってくる敵の一団だった。

「敵⁉」

フェルモは思わず叫んだ。

全ての歩兵が、すでに帝国軍歩兵と接敵したと思っていたフェルモ。だが、目の前には、長い槍を手にしたオークの部隊が。

「ロードス選帝侯！　前に！」

フェルモはオーク達を指さして、そう叫んだ。

誰に言われずとも、リヒトもオーク達を見ていた。

――長い槍を使える手練れ。そして重装の鎧兜。恐らくは古参兵や上流階級の兵士。今回は自軍が戦力で勝るから、騎兵対策に予備を置けたのだろう。

彼らは大将を守る最後の砦。リヒトはそう推察した。

「うろたえるな‼　フェルモ、君は騎兵二千を率いて転進し、敵左翼の騎兵後方を突け！　我が右翼と挟撃後、すぐに敵歩兵の側面を叩くのだ！」

「しかし、ロードス選帝侯はいかがされるのです⁉」

「俺は戦を制す！　さあ、早く行け！　一刻を争うぞ‼」

「……かしこまりました‼」

フェルモに反論の余地はなかった。予想外のオーク達の出現に、リヒトの命令を聞くしかなかったのだ。そして手を上げて、二千の騎兵へ転進指示を出した。

リヒト率いる一千はそのまま重装のオーク達へ、フェルモ率いる二千は戻るような形で敵左翼後方へ馬を走らせる。

リヒトはオークへ向かう最中、ルッツへ指令を出した。

「ルッツ！　今だ！　我々を加速させよ！」

「へい!!　……行きますぜ！」

そう言うとルッツは、自身が持っていた細剣を掲げ光を発した。

光はやがて騎士一千を包み込んだ。すると騎士達の馬足が速くなる。騎士たちはどんどんと加速すると、最終的には倍の速さにまで到達した。

「旦那ぁ!!　この数走らせるのは、もって二、三分だ!!」

「十分すぎるほどだ！」

一方のオーク達は、接敵寸前で何やらその周りに緑色の光を纏い始める。それはオーク達の師駒の能力による、部隊の防御力向上だった。南魔王軍の大将アエシュマもいくつかの部隊に師駒を配し、その能力を戦闘で活用しようとしていたのだ。

リヒトはそれを見て、更なる命令を下す。

「諸君！　私に続け！」

「「「おう!!」」」

リヒトを先頭に騎士たちは、オークとの接敵寸前で、その右側を迂回するように進路を変えた。

そのあまりの速さに、オークの重装兵達はリヒト達を捉えることができず、迂回を許してしまう。

何とかしなければとリヒト達を追うが、重装であるがゆえに追いつかない。

アエシュマが最も信頼を置く親衛隊を後方へ配置するという布陣。それが今回は仇となった。

だが、アエシュマにはもう一つの防衛線があった。

「リーンハルト様、敵本陣の前に投射兵が集まっております!!」

リヒトの師駒、キングのクリストフが、もう少しでアエシュマへ突撃できるという寸前で叫んだ。

近接歩兵が衝突して遊兵になった弓兵や投石兵。アエシュマは、親衛隊を騎兵へ向けたので、その投射兵を自身の周りへ配置していた。

弓兵や投石兵が射撃の準備をし、リヒト達、帝国騎士一千に攻撃を喰らわせようとした。

リヒトは再び命じた。

「シャッテン!! 頼む!!」

「承知!!」

アリティアの師駒、ルークのシャッテンはそう言って、自身の大きな盾を振り回した。

すると、リヒト達騎士を囲む結界が現れる。

「二十秒……いや三十秒、持たせまする!!」

「心得た! 皆、槍を前に!!」

リヒトはシャッテンに答えると、騎士へ突撃の準備をさせる。

矢や石、魔法が騎士達を襲うが、シャッテンの展開した結界が弾く。

「クリストフ! 衝撃強化だ!」

「受けたまわったぁ!!」

キングであるクリストフは、リヒトの指示を受けるや否や騎士達の槍の穂先へ光を放った。

「突撃!!」

ついにリヒトが突撃を命じる。

ルッツの速度上昇により、南魔王軍は二射目を放つ前に、リヒト達の接近を許してしまう。

その速度も相まって、馬のひづめの音も速く迫ってくる。地鳴りのような音、地面から伝わる衝撃に、アエシュマの周りの投射兵は蜘蛛の子を散らすように逃げていく。

——全てはこの一回の突撃のための布陣だ。完璧で狂いのない突撃。自分と師駒達の力がなければ、成し遂げられなかった。そう……自分がいなければ。

リヒトはアキトの言葉を思い出す。

——アキト……君はよく、多数の意見から良い意見が生まれると言ったな。確かにそうだ。だが、それを選ぶ者が優秀でなくては、その良い意見も日の目を見ない。そして無能な人間が選ぶ側であるこの帝国の現状、君はそれでも元老院の肩を持つ。

……アキト、俺は。

リヒトの槍の穂先が光を保ちながら、アエシュマの胸を貫いた。時を同じくして、アエシュマの部隊も騎士達にその陣形を食いちぎられる。

その衝突は、空を割く雷のようにアエシュマ本隊を引き裂いた。

雷鳴のような音が戦場へ響く。南魔王軍の誰もが、その衝突の方へ耳、目、何らかの意識を向けた。

横たわる総大将の黒い旗。誰もが、アエシュマが死んだと理解した。

「敵総大将アエシュマ!!　このロードス選帝侯が打ち破ったぞ!!」

「「おおおぉー!!!」」

リヒトの名乗りに、騎士達が勝鬨《かちどき》を上げ、南魔王軍は慌てふためきだす。

「さあ、諸君!!　我らはこのまま敵の右翼を我が左翼と挟撃する!!　続け!!」

リヒトは騎士達を率いて、敵の右翼後方を突きに向かった。

メルティッヒの戦いは、帝国軍の勝利に終わった。

劣勢である帝国軍は、右翼の騎兵を巧みに運用し、敵本隊、敵左翼を殲滅。

総大将を失い、歩兵左翼側を突かれた南魔王軍はすぐに潰走し始めた。

脆弱であった帝国軍の左翼は、リヒト率いる帝国騎士一千との敵右翼挟撃まで何とか耐えることができた。

全ては策を講じたリヒトの目論見《もくろみ》通りだった。

この戦いはロードス選帝侯、リーンハルトの名を、否応なしに帝国全土へ轟かせることになった。

騎士達を率い、帝国本陣へと帰還するリヒト。

先に本陣に帰っていた兵や師駒、従軍者、軍師、そして将軍たちがリヒト達へ喝采を浴びせる。

リヒトは馬を止めて降りると、プライス将軍の前に歩み出た。そして跪き言上した。

「プライス将軍。リーンハルト、只今帰還いたしました」

「うむ。リーンハルト君、いや、ロードス選帝侯。よくやった。君は帝国の危機を救ったのだ！　皆、ロードス選帝侯へ拍手を!!」

元々あった拍手がさらに大きく強いものになった。

リヒトへ付き従った騎士達や師駒にも、次々と賛辞の言葉が贈られる。

その中で、リヒトへ駆け寄る者が。皇女アリティアであった。

「リヒト!!」

「アリティア。君のルーク達は良く戦ってくれたぞ!!」

「うん、良かった……」

「俺は死なん。いつもそう言ってるはずだ」

「うん……うん……」

「泣くな、アリティア。アキトに笑われてしまうぞ！」

微笑ましい光景に、周りも拍手する。

このあとも、騎士や兵士、皆が互いに健闘を称え合い、誰もがその完璧な勝利に酔いしれた。

だが、この祝福のムードの中、不快感をあらわにする者が。セケムとエレンフリートであった。

セケムは、貧乏ゆすりをして露骨に不機嫌そうにしている。

一方のエレンフリートは、眉間にわずかに皺を寄せて、リヒトを見るだけ。

新たな英雄と、変われない自分。エレンフリートは、自身の地位が脅かされるという不安に苛《さいな》まれるのであった。

一章十三話　軍師、神駒を引く

「大司教様、ごめんなさい！」

スーレの声がアルシュタットの神殿前広場で響いた。

アキトも同じように、大司教へ頭を下げる。

「大司教、申し訳ありません。俺も興味本位で入ってしまって」

アキト達が謝っているのは、アルス島の地下神殿で、女神像の槍を壊してしまったことだった。

「ふむ、ワシからも謝っておきましょう。ですが大公閣下、これからは神像は大事に扱うようにお願いしますよ」

「はい……本当にごめんなさい」

「顔をお上げなさい。閣下の日頃の行いは、神々も見ておられます。少しのやんちゃはお赦《ゆる》しになるでしょう」

「はい、大司教様。でしたら、わたしはまた皆の看病に戻ります」

「うんうん。お願いしましたよ」

スーレはもう一度大司教に頭を下げて、広場の傷病人の看病に戻った。

アキトはそれを見て、再び大司教に謝る。

「本当に申し訳ございませんでした、大司教」

「アキト殿……実はあの地下神殿の女神像なのだが、ワシもその名前を存じ上げないのだ」

「え？　あれは大司教達が祭祀を行われる場所ではないのですか？」

アキトは首を傾げた。

「ワシが祭祀を執り行うのは、その上の湖。地下神殿ではございません」

「では、あの神殿は？」

「うむ。恐らくは名前も忘れられた古代の神の像でしょう。あの地下神殿は、ワシが……いや、先代のエリオ様が生まれる前からあった。そのエリオ様の祖父の代にも、先祖から聞き及んでいたという話です」

「そうだったのですか……謝罪の祈りをするにも、名前が分からないのでは……」

「故意でなければ、どんな神も赦してくださるでしょう。ワシも最高神にお祈りいたしますので、気になさいますな」

アキトは大司教の言葉に、額から汗を流した。

「うん？　どうなされたのだ、アキト殿」

「いや……実は割れた槍から、こんな物が」

アキトは三叉の槍の破片から出てきた黒い石をポケットから出した。

「なるほど……持ってきてしまったということですか。すぐにお返ししましょう」

「分かりました。今すぐ、アルス島に戻りますね」

「それがよろしいでしょう」

大司教に頷いて、アキトが歩き出そうとしたその時、黒い石はひとりでにアキトの手から落ちて、師杖である刀の柄に触れた。

「ああ！　……もう罰が当たっても文句は言えないな」

アキトはそう独りごちて、黒い石を再び拾った。

「うん？」

アキトは思わず首を傾げる。石から発せられていた光が消えているのだ。

そして、空がにわかに曇りだしたことに気付く。

「空が……雨ですかな」

大司教は空を見上げた。広場の人達も、皆空を見上げているようだ。天気が突然乱れ、雨が降るのかと。

だが、曇り空は次第に濃さを増していく。やがて夜空と変わらない暗さとなった。

「いや……おかしい」

アキトも空を見上げて呟く。しばらくすると、夜よりも暗い闇が天を覆った。

皆、真っ暗になったことで、きゃあきゃあと騒ぎだす。

アキトも全く周りが見えない。

「皆さん！　落ち着いて！　すぐに明かりを用意しますから！」

アキトの声に、多少は落ち着きを取り戻す人々。

これは天罰の類なのだろうか、アキトは不安に思った。

その時、突如として闇空を割く一筋の白い光が。その真白の光はアキトを照らしていた。

皆再び光の元を見上げる。

するると、その空の狭間から降りてくる柔らかな光の球が。その光は、ゆっくりとアキトの前へと降りてきた。光の球が弾けると同時に、闇空も一瞬で晴れ渡る。

弾けた球の中には、長いブロンドの髪を持つ女性がいた。女性はアキトより少し年上のような風貌だった。

「……神？」

大司教は思わず、そう漏らした。

そう呼ぶのも無理もないと、アキトは内心で頷く。

膝の裏まで伸ばした黄金色の髪。黄金ですら劣って見える黄金色の瞳。それと空に浮かぶ雲のように白い肌。薄く白い絹の衣服は、もはや古代の壁画でしか見られない様式だ。

ここまでは地上でも有り得るかという風貌。

だが、地上の者とは明らかに違う特徴が一つ。

灰色に染まった翼と羊のような小さな角。翼は、有翼人の、鳥の羽がいくつも集まってできたような翼ではない。体に似合わない、魔族のような禍々しい翼と角だった。

それは、アキトを始め周りの人々に、明らかに地上の者ではないと感じさせた。

しばらく口を開けて見ていたアキトが、恐る恐る口を開く。

「……俺はアキト。君は、この石の持ち主かい？」

「フィンデリア……」

金髪の女性は、思い出すようにゆっくりとそう答えた。

「フィンデリア……それが君の名前か」

フィンデリアはアキトの問いかけに、ここにいる誰もが知らない言語で答える。

「ごめん、君の使う言葉が良く分からない」

フィンデリアはがくりと肩を落とす。

「うん？　フィンデリア、俺の言葉は分かるのか？」

アキトの声に、フィンデリアはうんうんと首を縦に振る。

どうやらアキトの言わんとすることは理解できているようだが、答える言葉を知らないらしい。

「……どういうことだ？」

アキトは何が起きたかを冷静に判断する。

自分の師杖に黒い石が触れた瞬間、フィンデリアが現れた。

つまり、この黒い石は師駒石の一つで、フィンデリアを師駒として召喚した。

「君は、俺の師駒なのか？」

アキトはそう言って、自分の師杖である刀でフィンデリアの能力を紙に写す。

浮かび上がる文字。やはり、フィンデリアは師駒だった。

アキトは紙を見る目を何度か瞬《しばた》かせる。少しこすってもみる。

それでも、紙の内容は変わらない。

もう一度新たな紙にフィンデリアの情報を写してみる。それでも内容は同じ。

「ランクが不明だと？　しかも、クラスは見たことのない文字……」

写し出されるランクは、師杖によって師駒管理局の基準で判定される。アキトはそう軍師学校で習った。

だから、どんな未知の言語、種族でも、強さを表すランクは万国共通。クラスや技能のように、不明にはならないはずなのだ。

ではこの不明というランクは、一体何なのか。アキトは必死に頭を回転させる。

――フィンデリアは恐らく、S級を超える規格外の師駒。師杖がそれを、不明と判断した可能性は否定できない。

現にアキトの考えを裏付けるように、体力や腕力、魔力などの基本能力が見たこともないランクになっているのだ。例えキングの師駒を千体集めても、総合能力はこうはならない。

「黒い石は師駒石でしたか……しかし、クラスも技能も、全く見たことのない文字ですな」

大司教が呟いた。

紙には見たことがない文字が記載されている。東の大陸の文字ではないし、魔族の文字とも違う。

「ええ。ですが、何かの間違いかもしれません」

ランクも基本能力も、通常では有り得ないものだ。師杖が狂っている可能性も否定できない。だが、その可能性が限りなく低いことも、アキトは知っていた。

「しかし、もしフィンデリアが師駒で、この魔力が本当なら……フィンデリア、君は回復魔法が使えるか？」

フィンデリアはコクリと頷く。

「そしたら、この広場の人達を回復魔法で癒してほしい。もちろん、回復魔法が使えればだが」

フィンデリアは、再び頷くと両手を空に向けてかざした。

「フィンデリア！　俺は回復魔法って言ったんだ！」

通常、回復魔法は回復させたい対象に一人一人、または複数に手をかざして詠唱するものだ。アキトは、フィンデリアが何か別の魔法を使おうとしているのではないか、と心配になって叫んだ。

だが、フィンデリアはただ頷いて、そのまま空中に魔法を放った。

「な、なんだぁ?!」

一人の男が空を指さした。

街の人々が一斉に空を見上げる。そこには広場をすっぽりと覆う魔法陣が。

その魔法陣は、白い光を広場へ降り注がせた。

「お、おい、やばいんじゃ……なんだ？　この暖かい光は……」

街の人達は驚きつつも、この心地よい光を手を広げて受け始めた。

アキト自身も、この光の効果を感じていた。これは回復魔法で間違いないと。しかし、あまりにも効果てきめんだとも。

「これが回復魔法？　それにしては足の疲れまで取れるような」

長旅の上、休むことなくアルスのために働いていたアキトの脚には、疲労が蓄積していた。それが、すっと落ちていくのだ。

光が収まると、全身の疲れは完全に癒えていた。

街の人々にも、変化があったようだ。

横になっていた人たちはむくりと上半身を起こしたり、立ち上がったりしている。

「……体が軽い？」

病が癒えた人々。だが、驚くのはそれだけではない。

「おい！　嘘だろ、俺の足が……」

「み、見えるわ！　見えなかったのに、光が!!」

アキトは驚いた。足を骨折した者、目が不自由な者まで、すっかり癒えたのだ。

「……フィンデリア」

フィンデリアはしたり顔をアキトに向ける。思わず笑ってしまうような、してやったという顔。

だが、誇っても何の問題もない力をフィンデリアは見せつけた。

アキトは笑うどころか、あまりの力に噴き出した冷や汗を拭った。

「フィンデリア……ありがとう。すごい魔法だった」

フィンデリアは何かを返事しようとするが、すぐにふらついてしまう。

「お、おい。どうした、フィンデリア?!」

フラフラと体を揺らすフィンデリアの顔は、非常に赤い。そして数秒もしないうちに、意識を失ったのか倒れ始める。

「フィンデリア!!」

アキトはフィンデリアをとっさの所で抱きかかえた。

リーンもどうやら駆けつけてくれて、地面に体を広げていてくれたようだ。

「間に合いましたか。アキト様、どうぞこの方を私の上で横にならせてください。私がベッドになります」

「ああ。頼む、リーン」。

「フィンデリア、大丈夫か？」

アキトは苦しそうな顔のフィンデリアに声を掛けるが、返事はない。

隣の大司教が口を開く。

「ふむ、アキト殿……フィンデリア殿は相当体力を消耗してるようだ」

「しかし、魔力と体力は関係がないはず」

「先程の魔法を見るに、膨大な魔力を消費したのでしょう。しかし、これだけのたくさんの人を同時に、しかもあそこまで完璧に癒せるわけがない」

「……では体力を魔力として、消費した？」

「その可能性はありますな……」

アキトは必死になって、回復魔法をフィンデリアに掛けた。

大司教もすぐに回復魔法を掛けるが、反応はない。

「フィンデリア！　頼む、起きてくれ！」

「アキト殿、まずは落ち着いて。体力は確実に回復しています。しかし、この方を癒すには、あまりにも微弱すぎるようだ」

大司教は魔法を掛けながら、頭を捻った。

「ここはとりあえず神殿で寝かせて、看病いたします」

「……はい、大司教」

知らなかったとはいえ、自分の命令のせいでフィンデリアを傷つけてしまったとアキトは悔やむ。

「アキト殿、フィンデリア殿はワシと他の神官で治療いたします。フィンデリア殿が気になるでしょうが、今は南魔王軍の対策とアルス移住計画のため、全力を尽くしてくだされ」

「……はい、かしこまりました。フィンデリアの事、よろしくお願いいたします」

「お任せあれ。……とはいえ、フィンデリア様のおかげですっかり皆よくなった。永遠にこの広場で人々の治療を続けなければいけないと思っていたが、まさかこんな日が来ようとは」

大司教はそう言って、フィンデリアを運ぶリーンを追って神殿の中に入った。

「アキト！　さっきの人、すごかったね。皆を一瞬で治しちゃったよ」

「俺も信じられないよ。あんな魔法は、魔法大学の先生達ですら使えないだろう」

「魔法大学？　とにかく、すごいってことだね。……でも、大丈夫かな？　倒れちゃったみたいだけど」

「分からない……スーレ、フィンデリアの看病頼めるかい？」

「もちろん！　広場の人を看病しなくても良くなったしね。名前はフィンデリアさん……じゃあ、行ってくるよ！」

スーレはそう言い残して、大司教達の後を追った。

見送るアキトの後ろから、アカネが声を掛ける。

「すごい。まるで、コーボー大師のようなお方ですね」

「そうだな、いっそ神仏だと言われたほうが、納得がいく」

シスイも、独り言のように呟く。

「某もまだまだということか……」

「姉様、かくも強き潜在的な恋敵。より一層、共に鍛錬に励まねばなりませんね！」

「うむ、そうだなアカネよ！　……しかし、恋敵とは?!」

シスイとアカネがきゃっきゃと盛り上がる一方で、アキトはフィンデリアの事が頭から離れなかった。

これだけのたくさんの人――数百人に同時に回復魔法をかけ、視力までも修復した。

もはや、魔法がどうのこうという話ではない。

アキトはもう一度、フィンデリアの情報が書かれた紙へ目を通す。相変わらずの意味不明な文字。

その中で一か所、血のように滲む文字があった。

それが何と書かれているのかをアキトが知るのは、遠い先の事であった。

一章十四話　軍師、敵に備える

帝国軍がメルティィッヒの戦いで南魔王軍を破る数日前の事。

アルシュタットの埠頭では慌ただしく物資が帆船に積まれ、アルス島への移住者が集まりつつあった。

アキトは忙しく、一ノ島へ送る積み荷を決めていた。帆船への積み込みの指示である。食料や薬、建設用具、布、農具はすでに送られていて、今は雑貨や諸々の道具を積み込んでいる。

アキトがアルス島を視察してから五日目の今日。

アルス島の隣の一ノ島には、ベンケーとセプティィムスの指揮により最初の居住区の建設が急ピッチで進められていた。

すでに一ノ島には、簡素な石造りの小屋が数百戸以上と、水道や下水道が敷設されている。対岸であるアルシュタットにいるアキトの目からも、進捗は確認できた。

一般的な人間の大工集団であれば、一か月以上はかかる作業をベンケーが持つ周りの腕力を上げる能力、石工術で一気に進めることが出来た。ベンケー自身が睡眠要らずで、四六時中動いていることも、思った以上に計画が進んでいる要因だ。

ひとまず住める環境になった居住区には、大工や農民を中心に移住が始まっている。

リボット商会が所有していた大型の帆船は積載量に優れ、人間だけの短距離輸送ならば一度に千人は送れる。すし詰めにすれば、もっと乗せられた。すでにアルシュタットの三分の一、三千人程が一ノ島へと到着していた。

この調子なら、数日でアルシュタット住民全員の移住は終わりそうだ。

少しだけ安堵したアキトの後ろから、老年の男性が声を掛ける。声の主はアルシュタット大公の執事であった。

「アキト殿。計画の方は順調のようですな」

「爺！　お体の方は大丈夫なのですか？」

「アキト殿、心配ご無用。フィンデリア殿と申しましたかな。彼女のおかげか、すこぶる体が良いのです。ほら」

爺はそう言って手を上げるが、その手ですぐに腰を労《いたわ》った。

「だ、大丈夫ですか……言わんこっちゃない」

「……はっはは！　これはお恥ずかしい。年には勝てませぬな。……時にアキト殿、何か私にもお手伝いできることはございませんか？」

「今は大丈夫です。どうか休んでいてください。一ノ島に渡る際には、お伝えしますから」

「そう仰らずに」

申し出は非常にありがたい。だが体のことが心配な上、とても今求められている力仕事が出来るようには思えない。

そこでアキトは、爺にうってつけの仕事を考えた。

「では、大事なお仕事をお願いしてもよろしいでしょうか？　皆の命に関わることなのです」

「ほう。私で出来ることであれば、何でもお申し付けくだされ」

「実は、アルシュタットの老人方を説得していただきたいのです」

「説得？　ああ、なるほど。……アルスへの移住を、ということですね」

「はい。俺からも、住民へアルス島への移住決定を伝えたのですが……」

「中には、頑なに拒む者もいると。それが皆、私のような頑固な老人……ははは！　確かに皆、揃いも揃って石頭だ。若い方の言うことは、中々聞いてくれないでしょうな。よろしい、その役、私が引き受けましょうぞ」

「本当ですか?!　実を言えば、今一番解決したい問題だったので。ありがとうございます！」

「お任せあれ、アキト殿！　なーに。こう見えても、昔からこの町に住んでいる老人の顔は、全て把握しております。必ずや皆にアルスまで行くよう、説得いたします」

「はい！　よろしくお願いいたします！」

当初、この役目は大司教に頼むつもりであった。後で大司教にも伝えようと積み荷の監督に戻る。

そして一度船を見送ると、次の積み荷を予《あらかじ》め用意して……単純な作業をこなしていく。

ある程度仕事が落ち着いたところで、アキトは傭兵と新兵の様子を見に行くことにした。

かつて傭兵が使っていた宿舎に、今は第十七軍団が本部を置いている。

宿舎の隣の練兵場では、シスイが弓兵の訓練、アカネが槍兵の訓練をしていた。槍を突き出す兵士達。そしてそれを後ろから見守るアカネ。

「アカネ、頑張ってくれてるみたいだな。兵士達の様子はどうだ」

「あ、旦那様！　ええ、それはもう順調です。衛兵の方から聞いたところによると、正規兵には及びませんが、戦えるようにはなっているそうです」

「うん。初日と比べれば、大分様《さま》になってきている。ん？　そういや、初日はシスイが槍の訓練してたよな？　アカネの方が槍が上手いから代わったのか？」

「いえいえ、わたくしたち姉妹は弓術以外、あまり腕に差異はありません。その弓も姉様の方が少しばかり、わたくしより優れているぐらいです」

「そっか、じゃあシスイが適任ってことだな」

「ええ、まあそれもあるのですが……あれをご覧ください」

アカネが指す方へ、アキトは視線を向ける。

そこにはずたずたにされた藁人形があった。

「ず、随分と訓練したんだな」

「いいえ。あれは姉様が手本のために槍で突いた藁人形。すぐにああやって訓練の的を壊してしまうので……」

「力の加減ができないってことか……」

「はい……ですから弓のほうをお願いしたのです」

「なるほど。それでも、だいぶ弓の的もズタボロみたいだ」

シスイが「はっ」と言って、矢を射る。

その矢は的のど真ん中に当たると、そのまま奥の石壁へと突き刺さった。

シスイの周りの弓兵は引いたような顔で、的を見ている。

「手本は、ほどほどにさせた方が良い……」

「は、はい。そうさせます……」

だが、他の弓兵の的への命中率も、初日と比べ大幅に上昇していた。わずかに的の中心を逸れるぐらいかどうか。十分に実戦に参加できる練度。

シスイの訓練もそうだが、傭兵から少しでも弓術に秀でた者を選抜したおかげでもあった。

「ん？　これはアキト殿!!　おいででござったか！」

シスイは、アキトの元へ足早に向かい、深々と頭を下げた。

「よくやってくれてるみたいだな、シスイ」

「アキト殿の下知とあらば、兵の鍛錬にも熱が入りまする」

「うん。確かに熱は入ってるみたいだ」

アキトは今一度貫かれた的を見やった。

「ところで、アキト殿。某と手合わせ願えぬか？」

「俺と？　鍛錬するなら、アカネやセプティムスとやった方が良いんじゃないか？」

「いえ、アキト殿。某はアキト殿と手合わせを所望いたす」

「別に構わないけど……本当に俺なんかで良いのか、俺なんかじゃシスイの相手にはならないと思うけど」

「何事も戦ってみなければ、分かりませぬよ」

「そこまで言うなら……じゃあ、お手合わせ願おうか」

アキトはシスイの申し出を疑問に思いながらも、仕合《しあい》を受けることにした。

「皆様、二人の仕合をよく御覧なさい！」

「「はい」」

アカネの呼びかけに、兵士たちが続々と集まってくる。

「おいおい、アカネ……恥ずかしいって」

アキトはそう呟くが、アカネはニコニコと笑うだけだ。

だがこれは好機。シスイの実力がどんなものか身をもって体験するのもいいだろうと、アキトは木の棒を握る。

シスイもまた、木の棒に持ち替えた。

「では」

シスイはアキトに頭を下げた。アキトもすぐに頭を下げる。

「始め!!」

先にアキトへ接近したのはシスイだ。すぐに目の前に木の棒が迫る。

間に合わない。アキトはそう思いつつも、攻撃を弾こうとする。

「え?」

アキトは思わず声を上げた。シスイの木の棒は、見事に弾かれる。

手加減しているのか? アキトはシスイを疑った。しかし、その力、棒を振る速さは、いずれも手加減しているようには到底思えない。

「来られよ!」

「おう!」

シスイの誘いに、アキトが放った一撃はシスイの腕を掠《かす》めた。

すぐにシスイは反撃を繰り出すが、アキトは軽い身のこなしでそれを避けた。

睨み合うアキトとシスイ。兵士たちは時折、「おお」と声を出しながら見守っていた。

皆、人間離れした二人の動きに驚きを隠せないようだ。

アキトは自分の動きに違和感を覚えた。確かに剣術や武術は軍師学校でも優秀だった。

だが、相手は師駒。それもC級の師駒にただの人間が勝てるはずがない。

「では、今度はこちらから参る!!」

アキトは、突っ込んでくるシスイの一撃をかわし、その喉に木の棒を突きつける。

シスイはもう一歩で喉が突かれる、というところで止まった。

アキトの頭上にも、シスイの木の棒が後少しで触れるというところまで来ていた。

「引き分け！　お二人とも、素晴らしい仕合でした!!」

アカネはそう言って、二人を称えた。

兵士達も、皆拍手を送る。

だが、アキトの顔は晴れない。

「さ、皆様！　お二人に負けないよう、訓練に励みましょう!!」

「「はい！」」

アカネの言葉に、兵士たちは皆訓練へと戻っていった。

「どういうつもりだ、シスイ」

「某は、手加減なしでやらせていただいたでござる」

「それはそうだろう。アカネ、俺の能力を向上させたな？」

アキトの視線にアカネは答える。

「はい。わたくしの能力で、旦那様の動きを改善したのです」

「すごい能力だ……いつもよりも何倍も速く動けた。だが、アカネ。どうしてこんなことを？」

「傭兵達は、わたくしと姉様には従順になりました。しかし、まだ旦那様への陰口を叩く者がいましたので」

「俺の強さを見せつけて、黙らせたかった……」

「はい。兵を率いる将に、威厳は必要ですから」

兵士を従わせるには威厳も必要。それを手っ取り早く、アキトが得るための計画だった。

出来れば自分の功績でそれが得たかった。そうアキトは思うものの、今は少しでも早くアルシュタットの兵を組織化する必要がある。二人の自発的な発案は、それを助けるものだった。

「二人ともありがとう。他の事も、こうやって機転を利かせてくれてるんだろうな」

「礼には及びませぬ、アキト殿。我ら師駒が、主君に尽くすのは当然のこと」

「そうです、旦那様。わたくし達、旦那様のためならば何でも致します。これからも何なりとお申しつけください」

「ああ、もちろん頼りにしている。二人とも、本当にありがとう」

練兵場を後にするアキトに向かって、シスイとアカネは深く頭を垂れる。

アキトは、そのままマヌエル大司教のいる神殿へと向かう。

アルシュタットからの移住が順調な一方で、アキトには一つ悩みがあった。師駒達の働きにどう報いるかである。

軍師学校では如何に師駒を訓練し、活用するかばかりが教えられ、師駒との接し方など教わりはしなかった。周りの軍師学校の生徒達も師駒をただの駒として扱う者ばかりだった。

加えて、アキトは長らく師駒を有していなかった。だから、師駒の感情というものを察する機会もなかった。リヒトやアリティアが、ときには友人のように師駒へ接する姿を見て、羨《うらや》ましく思っていたものだ。

――リヒトやアリティアは、一体どうやって彼らに報いていたのだろうか……。

大司教も口にした師駒との絆という言葉。それを自分が師駒と深めていくにはどうすればいい。

――リーンがアルス島視察の時、少し寂しそうな声だったのも気になった。役に立ってないと思わせてしまってるのだろうか。そんなことはないのに。もっとお互いの意思を伝わせるには……交流を重ねていくしかないか。

皆ともっと話そう。アキトはそう決心した。

だが、アルシュタットには、地を覆う影が刻々と迫るのであった。

一章十四話　軍師、敵を知る

メルティッヒの戦いの数日後。

戦いの結果は、昼夜問わず空を駆けたガーゴイルによって、南魔王領全体へ報《しら》せられた。

南魔王軍の赤黒い天幕では、敗戦の報に魔物達がざわついていた。

だが、一人だけ落ち着きを保つ男が。

「へえ？　アエシュマが敗れたと」

椅子のひじ掛けに肘をついた男が呟く。褐色の肌に、白く長い髪。真っ赤な瞳と切れ長の目。

この細身で長身の男こそ、南の魔王、数十の王子の内の一人、アルフレッド王子であった。

吸血鬼特有の長い八重歯をちらつかせて、アルフレッドは続ける。

「で、敵将の名は？」

「はい。帝国のプライス将軍です」

そう答えたのは、アルフレッドの師駒だ。種族は吸血鬼、名はパシュバルと言った。普段は目深に黒いフードを被っているが、アルフレッドの前ではその素顔を見せていた。人間の若い男と変わらぬ顔。眼鏡をかけていることもあって、頼りない印象を見る者に与える。

「プライス将軍……前の戦役でも、数多の同胞を殺した男だね。しかし、その戦術は包囲を狙ったものばかり。用心深いアエシュマが、易々と包囲を許すとは思えないが」

「はい。僕もアエシュマ様が敗れたとは信じられません。しかし敗残兵の話によれば、ロードス選帝侯という若い貴族に率いられた騎兵によって、アエシュマ様は討ち取られたそうです。中には、天から雷が落ちたなどと錯乱する者も少なくないようです」

「雷ねえ……しかし、アエシュマも予備を用意して、騎兵の対策を練っていたはず。むざむざ奇襲されるような男じゃないはずだけど」

「まだ敗残兵からの情報を、魔都ではまとめきれていないようです。ですが、敵が包囲以外の戦術でアエシュマ様を制したのは、間違いなさそうですね」

「うん。より一層気を付けないと。我々はアンサルスで勝利を掴んだとはいえ、まだまだ帝国の方が国力は上。機略に富んだ者が、軍に抜擢《ばってき》されてもおかしくはないからね」

アルフレッドは冷静に答えた。

だが、その声を聞いて、アルフレッドの前に歩み出る者が。

「アルフレッド様！　我が兄アエシュマの弔いのためにも、どうかこのウドゥルにアルシュタット侵攻の先陣を！」

名乗りを上げたのは、ウドゥルという名のオークだ。兄アエシュマよりも背が高く、人間の男性の倍もある。

彼はアエシュマの弟であると同時に、アルフレッドと共に東海岸から帝国へ侵攻する南魔王軍の将であった。

そのウドゥルを諌《いさ》めるように、パシュバルが口を出す。

「ウドゥル殿。アルシュタットは取るに及ばない場所。軍事的な脅威でないことは、すでに開戦前から分かっていたことです。寄り道はしないと、最初の軍議で決めたではありませんか」

「人間は、この大陸から絶滅させねばならぬ！　アルシュタットの人間すべての首で、兄のための手向けとせん！」

「ウドゥル殿、お気持ちはわかります。しかし、アルシュタットにこだわる意味など」

「意味？　意味はある！　まず、アルシュタットには金がわんさかある！　先程アルシュタットへ放った偵察隊から報告を受けた。人に囚われている魔物が、アルシュタットから逃げているところを我が偵察隊が助けたのだ。それによれば、敵は金塊や宝石をアルシュタットの神殿へわんさか貯め込んでいるらしい」

「それは私も聞き及んでおります。そんな宝が、あのような辺境の地にあるわけがない。加えてかのスライムは、人間は内陸の山中に兵を隠しているとも言うではありませんか」

「人間が何匹いようと、我らオークには勝てぬわ!!」

「我らは十年前まで負け続け、しかも、メルティッヒで敗れたばかり。それにアルシュタットの民は、もはや逃げ場もない。思ってもいない抵抗を受けるかもしれませんぞ」

「ええい、黙っておれ！　この貧弱な半魔《デミ》が！」

ウドゥルはパシュバルに怒鳴るが、すぐに自分の失言に気付く。半魔である吸血鬼なのはパシュバルだけではない、アルフレッドもそうなのだと。

アルフレッドの前で、ウドゥルは平伏した。

「も、申し訳ございません。アルフレッド様」

「よい。気にしなくていい。……確かにアルシュタットには碌な戦士がいないという。だが、万が一ということもあるからね。占領しても良いだろう」

「おお！　では早速奴らを!!」

「だが。略奪は許さない。虐殺も禁ずる。人間といえど奴隷になるからね。それと我が師駒、パシュバルを相談役として連れていくんだ」

「こ、こいつをですか……かしこまりましたアルフレッド様」

ウドゥルはパシュバルを不快な顔で見つめたものの、すぐに頭を下げ天幕から去っていった。

「アルフレッド王子。本当にアルシュタットを攻められるのですか」

「攻めると言っても、ろくな抵抗もないだろう。それに少数とはいえ、敵に背を向けたまま西へ進むのは不安だ」

「それは仰る通りです。しかし、一刻も早く帝国を東から急襲するのであれば」

「分かっているよ、パシュバル。だがウドゥルの性格を考えてみるんだ。あいつなら落城までに一日もかけないよ。欠点を言えば、あまりにも人を殺し過ぎてしまうことだろうね。そこをパシュバル。君が抑えろ」

パシュバルはアルフレッドの言葉に、少し納得がいかず沈黙する。

しかし、自分はアルフレッドの師駒。言われたまま動くだけだ、と気を取り直した。

「……かしこまりました、アルフレッド王子。僕はあなたの師駒。与えられた命、かならずや成し遂げてみせます」

「頼んだよ。君の数秒先を予知する能力。今回はその力を奮えないかもしれないけど。いつも以上に慎重に頼むよ」

「はっ！　常に万全を期して、慎重に事を運びます。それでは、行って参ります！」

パシュバルは頭を下げて、天幕を出ていった。

アルシュタットは通過点。慎重かそうでないかはさておき、南魔王軍の誰もがそう考えていた。

※

同じ頃、アルシュタットでは、すでに殆どの住民の避難が済んでいた。

この日最後の輸送。そのための帆船が、アルス島から戻ってきたところだった。

海の見える埠頭の一角で、アキトはセプティムスから報告を受ける。

「アキト殿。一ノ島での居住区建設。とりあえず終了いたしました。今は二ノ島の農地のため、水道を造らせています」

「順調みたいだな。こちらも殆どの住民、必要なものを輸送できた。明日の二往復で、移住は完了するだろう」

「素晴らしい。……それで南魔王軍の動向は？」

「敵の偵察隊らしき者を見つけさせて、リーンに探らせてはいるよ。あとは流言も頼んである。デマが通じる相手かは分からないけど」

アキトは南魔王軍の偵察隊へ逆偵察と流言を目的に、リーンを派遣した。

神殿に財宝がたんまりあるなどという嘘。これは、まだアルスへの避難が済む前に敵が攻めてきた場合のための時間稼ぎだ。敵を神殿に集中させ、逃げる時間を稼ぐ。

アキトは、魔族、特にオークとゴブリンは金品に目がない事を知っていた。

また、山中に伏兵がいるとも流言を広げ、少しでも戦力を割かせようとしたのだ。

これはリーンの提案を受け、アキトが考えた作戦であった。しかしアキトは当初、リーンの身を案じ、偵察を許さなかった。

だが、結局はリーンの必死の進言で、アキトはその偵察を許可する。

リーンの帰りを待ちながら、アキトは不安でここ数日よく寝れなかった。

セプティムスは続ける。

「なるほど。馬がないのでは、偵察隊も組織できませぬからな。しかし、リーン殿お一人とは。魔物であるとはいえ、不安ですな」

「うん。くれぐれも無理はせず、すぐに帰ってきてくれと頼んだんだけど」

「明日までに帰ってこなければ……いや、ここはリーン殿を信じましょう。それでアキト殿、今回はスーレ殿とフィンデリア殿もお連れしてよいのですね」

「ああ。スーレは最後まで俺と残るって言ってくれたけど。領主が死んでしまったら、議会もない今、領民だけではやっていけないからな。軍師は、また誰かを雇えばいい」

今だ回復しないフィンデリア、まだ子供のスーレも先にアルスへ渡る。

もっと早めにスーレをアルスへ行かせたかったアキトだが、結局はスーレの希望もあって後回しになってしまった。

セプティムスは少し複雑そうな表情を浮かべる。

「は、かしこまりました。しかし、アキト殿、我々が必ずアキト殿をお守りいたします」

「もちろん死ぬ気なんて毛頭ないさ。セプティムスや皆を死なす気もない」

「その言葉通りに事が運ぶよう、我々も身を粉にして働きます！」

「ああ、頼んだよ。それじゃあ俺は大司教の元へ行ってくるよ。スーレも呼んでこないと」

大司教のいる広場には大司教と話すスーレの姿が。その後ろには、フィンデリアを担架に乗せた兵士の姿もあった。

「あ！　アキト！」

「セプティムスと話してたんだ。スーレ、もう少しで船が出るから向かってくれ」

「うん。だけどね、アキト。大司教様が、一緒に来てくれないの」

大司教は笑みを絶やさず、スーレに続ける。

「大公閣下。何度も言いますが、ワシは最後、アキト殿と一緒に向かいますので」

「でも……」

「大丈夫、神様やエリオ様が我々を守ってくださいますから」

そう言って大司教は、スーレの手を両手で優しく握った。

「うん……大司教様、それにアキト。皆、無事にアルスまで来てね」

「もちろんです。スーレ様も皆の事、頼みましたよ」

大司教は最後にもう一回スーレの手をぎゅっと握り、ゆっくり両手を離す。

「スーレ、俺からもフィンデリアや皆の事頼んだよ」

「うん！　任せといて！」

スーレは元気な声で答えた。

アキトは自らの師駒、フィンデリアの元へ歩いていく。

「……フィンデリア」

担架に眠るフィンデリア。苦しそうな表情ではなくなったものの、一向に目を開ける気配はない。

アキトは担架を運ぶ二人の兵に声を掛ける。

「二人とも、フィンデリアの事よろしく頼む」

「「はっ！　我ら、命に代えましてもフィンデリア殿をお守りいたします!!」」

「ありがとう。もう船も出る。スーレと一緒に船へ向かってくれ」

「「はっ！」」

スーレは船へ向かいかけてもう一度振り返った。

「二人とも！　約束だからね!!」

「ああ！」

アキトはスーレにそう答えた。大司教もスーレへ手を振って応える。

その時、どこからともなく声が聞こえてくる。

「……アキト」

軍団兵と、スーレが思わずフィンデリアへと顔を向ける。

アキトもフィンデリアの元へと駆け寄った。

「フィンデリア！」

「フィンデリアさん！」

フィンデリアはまだ意識が朦朧《もうろう》としているようで、目をぱちくりとさせるだけだ。

そしてまたすぐに目を閉じてしまった。

「意識が戻ったのか？」

「そのようですね。だが、安心してください。アルスの水は体力と魔力回復に効果がある。向こうに行けば、もっと回復が早まることでしょう。さあ、皆さん。フィンデリア殿をお早く船へ」

「安心してアキト！　フィンデリアさんの目が覚めたら、わたしがアキトが来るまで、話相手になるから!!」

「ああ、頼む！」

フィンデリアが一時的とはいえ、目を覚ました。それだけでアキトの不安の一部が晴れた。

スーレ達を見送ると、大司教が口を開く。

「ようやく移住も大詰めですな、アキト殿」

「ええ。これもアルシュタットの皆さんと、俺に協力してくれた師駒達のおかげ。大司教、ありがとうございます」

「礼を言うのはこちらです、アキト殿。ここアルシュタートに変化をもたらしてくださった。そのきっかけは全て、あなたが軍師としてここに来てくれたからだ」

「俺なんかは何も……本当に皆のおかげでここまできたので」

「ふむ、奥ゆかしいお方だ。ところで、アキト殿。まだ気になることがおありのようですな？」

「はい、いくつか。というより俺、そんなに顔に出やすいですか？」

「ははは。正直者ということですよ。が、外交をする立場になるなら、多少は表情を隠せるようになった方が良いでしょうな。それで、気になることというのは？」

「大司教、ここの神殿の件ですが……」

アキトは少し複雑そうな顔で、大司教へ訊ねた。

大司教は、真面目な表情でこう答える。

「良いのですアキト殿。策を成すにはうってつけの場所。それに、リーン殿へ流言を頼んだのであれば、今更もう中止も出来ませぬ。大事なのは神殿ではなく、信仰。気になさるな」

「はい……大司教、感謝いたします」

「元はと言えば、その策に対してワシが神殿を勧めたのです。神罰が下るなら、ワシ一人」

「大司教……本当にありがとうございます」

アキトは深く頭を下げた。

南魔王軍が来たときのための対策。その一つが神殿へ南魔王軍を集めることだった。

大司教は、アキトがまだ不安そうな顔をしているのに気付いた。

「ふむ。まだ気が晴れないのは、リーン殿ですな」

「はい。俺の大事な師駒……多少きつく言っても偵察をやめさせるべきだったかなと」

「リーン殿か。偵察は確かに必要な事。だが、あの方は少し焦っておられるようにも見える。あなたのようにな」

「え?」

「いや。早く仲を深めなければと、必死になっているように見えましてな」

「……分かりますか」

「皆、誰しもそういうものです。早く仲良くなりたいと。ですが、そんなに肩に力を入れる必要はない。自然に接していれば、信頼は必ず芽生えてきますから」

「……はい、大司教」

年の功には勝てないな、と思いつつアキトは頷いた。

その時であった、バタバタという翼の音が聞こえてくる。

「鷲？」

鷲のような大きな鳥が、アキトの前へ降りてきて、体を溶かした。

そして青い半透明の丸い身体が、出来上がっていく。

アキトはその液体のようなものへと駆け寄り、胸へと抱き上げた。

「リーン！」

アキトはリーンの体をギュと抱きしめた。

「只今戻りました、アキト様！　ご心配をおかけしたようで、申し訳ありません」

「いいんだ、リーン。本当によく無事に戻ってきてくれた」

リーンは嬉しそうに体を震わせ、体をアキトの頬へ擂り寄せるも、すぐに真面目な口調で応えた。

「アキト様、私、嬉しい……嬉しいのですが……今は色々と報告しなければいけません」

「ごめん、リーン。そうだ、南魔王軍の事をまず聞かないとな」

「はい！　では、結論から申し上げます、アキト様。南魔王軍はすぐそこまで迫っています‼」

ウドゥル率いる南魔王軍五万が、すでにアルシュタットへ一日というところまで押し寄せていた。

東海岸方面軍の先遣隊に過ぎない、五万の軍勢。だが、アルシュタットを滅ぼすには十分すぎる数だ。それがすぐ目前に迫っていたのであった。

一章十五話　軍師、急ぐ

リーンの報告を受けたアキトは少しでも早く多く移住を済ませなければと、帆船をすし詰め状態で出発させた。

未だ千五百人の兵士と極少数の住民が残っている。

今日最後の避難の船。夜に船は出せないので、アルシュタットに戻ってくるのは、夜明けにアルスを立ったとして朝。

そしてアキトを含め、最後の避難が済むのは丁度昼ぐらいになる算段であった。

南魔王軍到達までにギリギリ間に合うかどうか。

アキトは出来るだけ時間を稼ぐため、アルシュタットにおける最後の対策を協議していた。

埠頭近くの宿舎の一室ではアキト、リーン、シスイ、アカネ、セプティムスが卓を囲み、外には第十七軍団の兵が待機している。また、アルスからはベンケーも呼び寄せられ、宿舎の外にいた。

アキトの師駒の中では、ハナとフィンデリアがいないことになる。フィンデリアは寝込んでおり、ハナはアルスでの農場づくりで手が離せなかったのだ。

宿舎の一室に、アキトの声が響く。

「まずは城壁に、旗と藁人形をありったけ立てる」

「なるほど。兵を多く見せるのですね。よき案かと」

セプティムスはアキトに対し、そう答えた。

——しかし、相手は好戦的な魔物。恐らくは臆することなく、城壁へ近づくだろう。

相手に用心深い策士がいれば、一度は警戒するかもしれない。その程度でも、アキトは打てる手は打ちたかった。

シスイがアキトへ質問する。

「アキト殿。城壁に手勢は配さないのでござるか」

「まともに戦うだけ無駄だ。城壁も半壊状態。足止めにすらならない」

「ふむ。確かに五万ともなると、波に小石を投げるようなものでござろうな」

納得したようにシスイは答えた。

なるべく戦闘を避け、時間を稼ぐ。それがアキトの作戦の念頭にあった。

「リーンに放ってもらった流言が生きているなら、敵は神殿を目指す。埠頭へ来るまでの時間も稼げるだろう」

「その神殿には、何か細工を仕掛けたのですか?」

アカネの問いに、アキトは一瞬言葉を詰まらせた。

「うん。大司教の進言でね……敵の一部をそこで一網打尽にするつもりだ」

アキトは更に続ける。

「それと、何らかの理由で船が間に合わない可能性もある。その場合は、住民を沿岸へ北上させるまで、時間稼ぎをする必要がある」

アキトはさらにそう続けた。風がやんだり、向かい風が吹いたり、嵐になる可能性も否定できなかった。

「なるほど、我らで殿《しんがり》を務めると」

セプティムスはアキトの言葉に頷く。

「ああ。もちろん、船が間に合えば、その必要もないけど。だけど、もしものときは……皆に命を懸けてもらうことになる。その時は、皆どうかよろしく頼む」

アキトは師駒達に頭を下げる。少し後には、兵達にも同様にそう告げていた。

まず口を開いたのはシスイだ。

「アキト殿、何を言われるか！　殿こそ、武士の誉れ！　この上ない喜びでござる！」

「そうです、我ら師駒はアキト殿のため戦えれば本望」

セプティムスも頷いて、そう答えた。それを聞いたアカネも続ける。

「旦那様のため、わたくしも精一杯尽くします！」

「リーンもアキト様のため死ねるのであれば、それ以上望むことはありません！」

「皆、ありがとう。だけど、俺は皆を死なせる気はない。もちろん、兵達もだ。この戦いは俺達が生き残ることが勝利だ。それを肝に銘じて、明日は行動してくれ」

「「おう」」

「では、具体的な作戦を伝えるぞ」

打てる手はすべて打った。アキトは皆に、良く休むよう伝えるのであった。

※

翌日の早朝、海は異常に静かであった。静かな波、柔らかい風。

だが、アキトはその心地の良いはずの朝に肩を落としていた。

風は弱く、アルシュタットからアルスへ流れている。

つまりはアルスからの船にとっては向かい風。船の到着は遅くなるだろう、と。

そんなアキトへ追い打ちをかけるように、兵士の一人が声を張り上げる。

「南魔王軍、城壁から視認できます!!」

ついに南魔王軍は、アルシュタットへ到来したのであった。

アキトが肩を落としていた丁度その時、一ノ島に新たに建てられた居住区の小屋にフィンデリアは寝ていた。

隣には、看病を続けるスーレ。

南魔王軍がすでにそこまで来ていると聞いて、アルシュタットへ残る者達の身を案じていた。

外へ水を汲みに行ったときに、アルシュタットの近くで立ち込める砂塵を目にしたのだから尚更だ。

だが自分に出来ることと言えば、フィンデリアの看病と、アキト達を信じて待つことだけ。

スーレは、フィンデリアの口に水を含ませた布を当て、呟く。

「早く良くなってね、フィンデリアさん」

フィンデリアが良くなれば、アキトや皆を助けてくれる。

「神様……皆を助けてください」

スーレは胸の前で手を組み、祈った。

神頼みなどに意味がないことはスーレにも分かっていた。だが、それでも祈るしかなかった。そうしなければ、気持ちが落ち着かなかったのだ。

するとその祈りが通じたのか、フィンデリアが口を開いた。

「……アキト」

フィンデリアはゆっくりと目を覚ます。まるでスーレの呼びかけに応えるかのように。

一章十六話　軍師、神の助けを得る

アキトが埠頭からアルス島を眺めると、帆船はまだ一ノ島のすぐ側だった。

何とか櫂《かい》で漕いだり、風魔法で帆に風を送るが、その速度は人の歩み寄りも遅い。

一緒に見ていたリーンが冷静に告げる。

「アキト様、南魔王軍のほうが到着が早いかもしれませんね」

「ああ。間違いなくそうだろう……仕方がない、北方へ住民を逃がすとしよう」

アキトはすぐに、兵士達を集めさせる。

だが、機動力を持った魔物もいる以上、そう遠くまでは逃げられない。それまでに船が到着するには、再び帆船へ追い風が吹かねば難しいだろう。もはや神頼みと言っていい。この時期は常に東風が吹くので、今日のような日は例外と言って良かった。

アキトは自然の気まぐれを天に向かい嘆いた。

だが、こんな時のための逃亡計画。最後まであきらめては駄目だと思い直す。

「旦那様！　兵をすべて集めてまいりました!!」

アカネとシスイ、そして兵士たちが前に止まると、アキトは口を開いた。

「おお、そうか！　皆、今より俺達は……」

アキトは喋り始めて、兵士の視線が海へ向けられていることに気付く。

シスイとアカネでさえも、信じられないといった顔で海を見つめていた。

「何だ？」

アキトも振り返って、海を見た。すると、アルシュタットからアルスの間の海が、真っすぐに凹んでいく。

何事か、と皆ざわつき始める。

「「海が割れた!!」」

兵士達がそう叫んだ。

次第に海は、凹むというよりは二つに割れていくようになった。海は綺麗に真っ二つになり、海底にアルスまで続く道が出現する。海はガラスで仕切られているかのように、その道の両側で壁のように留まっていた。

「道だと?!」

アキトだけではない、皆ただ唖然とし、我が目を疑っている。

だが、目の前には緩やかに海底まで続き、まっすぐにアルスまで伸びる道が確かにあった。

その時、シスイが何かに気づく

「む？　アキト殿、一ノ島で何やら必死に旗が振られてござる」

「本当だ。何かの信号か」

アキトもその一ノ島で振られている旗に気付く。

するとセプティムスが、アキトへ報告した。

「アキト殿！　あれは私が定めた旗信号です。……フィンデリア殿が目覚められた。進まれよ。とのことです」

「フィンデリアが?!　目覚めたのか。確かに、フィンデリアでなければ納得がいかない」

だが、フィンデリアは起きたとしても病み上がりのような状態のはず。アキトは急がねばと焦る。

「よし……住民をまずは逃がしてくれ！　兵達は敵を妨害した後、北方ではなくこの道を進むぞ！」

「「おお!!」」

アキト達に、希望の光が差し込むのであった。

※

「守備兵は多くて三千……」

パシュバルはアルシュタットの城壁を見て、そう見積もった。

ウドゥルは呟く。

「三千……ひと飲みに出来る数だな」

「念のため、斥候を送りましょう。ウドゥル殿」

「斥候?!　城壁もないようなものなのに、何を怖気づく」

「はい。壊れた城壁しかないアルシュタットは必ず占領できます。この戦、我らの負けは有り得ません。ですから被害を少なくするため、慎重に進軍するのです」

「馬鹿な!!　もし敵が逃げたら、どうする?!」

「逃がしておけばよいのです。城壁や住処のない人間など、すぐに死んでいきます」

「ああっ!!　お前は我が兄みたいなこと言う!!　兄アエシュマも、そのようなことをいつも言っておったわ！」

「アエシュマ様は、立派なお方でした。いつも、慎重に戦われていた」

「うるさい!!　兄の戦いは邪道！　慎重に戦った結果、メルティッヒで死んだではないか！　人間など、ただ正面から叩き潰せばよいだけ！　勇敢なオークの者ども、俺に続け!!」

ウドゥルはそう言い放つと、部下の先頭に立ち、アルシュタットへ向かって行った。

足の速い種族のケンタウロスや、力の強いサイクロプスは場外に待機させる。

パシュバルも急いでウドゥルを追うが、体力のないパシュバルはどんどんと離されていった。

「はあ、何であんな馬鹿な男を大将に……」

パシュバルはウドゥルを見て、そう毒づいた。

だが、アルフレッドが先鋒の将に任命した男。それ以上、パシュバルはウドゥルを悪く言わなかった。

アルフレッドは有能、いや天才。そうパシュバルは信じてやまない。

慎重な人間を重用する一方、ウドゥルのような浅はかな者にも、活躍の場を与える。このようなどうでも良い場所ならば、ウドゥルを向かわせても問題は起きない。そうアルフレッドは判断したのだ。

自分は万が一の時に備え、付けられただけ。パシュバルはそう自覚していた。

恐らくはあの三千の兵も、殆どがはったり。三千の兵など、事前の情報では有り得ないと踏んでいた。

だからウドゥルを必死に引き留める必要もない。だが、何か胸騒ぎを感じるパシュバルであった。

それは先鋒が城壁に着くも全く抵抗がないのを見て、更に強いものとなった。

「城を放棄した？　もう逃げたというのか」

偵察隊からは、敵が四方のどこへ逃げたという連絡はない。では一体どこへ逃げたというのか。そんなパシュバルの疑問をよそに、ウドゥル率いる先鋒はアルシュタットへ入城するのであった。

一章十七話　軍師、逃亡を果たす

南魔王軍はついにアルシュタットに至った。

「敵はおらぬな。やはり人間は弱い生き物よ！」

ウドゥルはそう言って、ゲラゲラと笑った。部下のオーク達もそれを聞いて、笑い声を上げた。

「うん？　あれが人間共の神殿か？　野郎ども、あそこにお宝が眠っているはずだ！　他の種族に奪われる前に、急げ！」

ウドゥルの命令に、オーク達は皆、神殿への坂道を駆け上がった。渋滞する数千の軍勢が、アルシュタットの街道を埋め尽くす。

しかし、オーク達の目の前にある物体が転がってきた。

「な、なんだ?!　岩が転がってくるぞ！」

「下がれ！　このままじゃ、潰されちまう！」

神殿へ向け進んでいたオーク達は、引き返そうとする前列と後ろから殺到する者達とで、混乱する。岩に潰された者はそう多くはなかったが、オーク達の進軍は止まってしまった。

そこに、今度はアルシュタットの兵士達が矢を射かける。渋滞したオーク達はそれを避けることも出来ず、倒れていく。

アキトはこの神殿に通ずる道に、ベンケーが切り出した大きな岩と、弓兵を配置したのであった。

ウドゥルはこれを見て、部下に命令を送る。

「ええい！　他の道から、神殿を目指せ！」

「へい！　おい、お前ら西から行くぞ！」

ウドゥルの命令通り、いくつかの部隊が、他の道から神殿を目指そうとする。だが、彼らが目指す街道にも、アキトの仕掛けた罠があった。

「おい、障害物があるぞ?!」

オーク達の目の前に現れたのは、家具や木材、岩が置かれたバリケードだ。

それを見て、オーク達はバリケードを乗り越えようとする。

だが、その最中に、オーク達の頭上に一本の火矢が飛んできた。シスイが放ったその矢が、バリケードへと突き刺さる。

「あちぃっ!!」

バリケードには油が掛けられており、それを登っていたオーク達は火だるまとなった。

また別の街道では、アカネが同様にバリケードへ火を放つのであった。

街道を登れないという報告が、次々とウドゥルの耳に入る。

「ウドゥル殿！　ここは重装のゴーレムを先頭に坂を上がりましょう！」

ウドゥルの後ろからそう声を掛けたのは、パシュバルであった。

ウドゥルは悔しそうにしながらも命令する。

「ゴーレム隊を前に出せ！」

その命令にオーク達は道を開けて、ゴーレム達に先方を譲る。

しかし、ゴーレム達が坂を上り始めると、何故か岩は転がってこなくなっていた。

※

「ゴーレムか……ここらが限界か。皆、撤退するぞ！」

アキトは坂下のゴーレム隊を見て、速やかに兵を退かせる。

兵と師駒は皆、割れた海のある埠頭側へと降りていく。

「アキト殿、我ら第十七軍団の陣形の中へ」

「ああ、頼む！」

アキトはセプティムスに答え、大盾を持つ軍団兵の陣形に入っていった。

「リーンはいるか！」

「はい、アキト様！」

リーンは鳥の姿で答えた。どの道に敵が来るかを、空からシスイやアカネに伝えていたのである。

おかげで、バリケードに火矢を放つタイミングを、シスイ達は把握できた。

「シスイとアカネもいるな。よし、皆行こう！」

アキト達はこうしてアルスへの撤退をすぐに開始した。それ故、神殿内に残る者達の存在を知る由もなかったのだった。

ウドゥル達はようやく神殿前の広場へと足を踏み入れた。しかし、敵兵の姿はない。

「逃げたか、人間共……もうよい、宝を確認するぞ！」

「ウドゥル殿、ここは逃げた敵を追撃した方が」

パシュバルは具申するが、ウドゥルは聞く耳を持たなかった。

パシュバルも、逃した敵は小勢でアルシュタットを手に入れたのだからもう良いかと思っていた。

しかし、すぐに一部の兵士がざわついていることに気が付いた。

兵士達の視線は海に向かっている。パシュバルも、何事かと海へよく目を凝らした。

「え？」

パシュバルは思わず声を漏らした。海が、割れている。自分の眼鏡がおかしいのかと、何度もそれを外したり、付けたりした。だが、海は明らかに割れている。

目の前の光景に、パシュバルは絶句する。海を割る線は、まっすぐと大きな島の方へと続いていた。

「もしかして、人間はあの割れたところを進んでいるのか？　おい、港の方へ斥候を送れ!!」

パシュバルは島にはいくつかの旗、建物があることに気が付く。

「神殿へ我らの目を向けたのは、このためだったのか……」

パシュバルは罠だと気づき、すぐに神殿へ入る。

神殿の中には、大司教と爺がいた。二人は、自分達の判断がアルシュタットを苦しめたと、アキトやスーレに何も言わずここに残っていた。

パシュバルも、この二人が囮であることを確信する。

ウドゥルはそんなことにも気が付かず、人間が理解できるはずもない言葉を、延々と大司教へ浴びせていた。ウドゥルの手下は、神殿をくまなく探しているようだ。

大司教はにっこりと微笑んだ。

「南魔王軍の方々。我々はあなた方を歓迎いたします。共に神のために祈りましょう！」

当然、ウドゥル達魔物には大司教の言葉が分からない。しかし、後から入ってきたパシュバルは理解できた。

「ウドゥル殿！　こ奴らは囮！　敵は海の向こうです！　今すぐ外へ来てください！　敵が海を割ったのです！」

「海を割ったあ⁈　お前、やっぱり馬鹿だろ⁈」

ウドゥルはパシュバルを嘲笑った。

「ウドゥルの頭！　この神殿、金なんてこれっぽっちもありませんぜ‼」

「よく探せ！　隠し扉か何かあるはずだ！　いや……待て、直接この爺に問い正してみる！　おい、糞爺！」

ウドゥルは大司教の胸元を掴むと、分かるはずのない言葉で騒ぎ始める。

「この野郎‼　お宝の場所を教えろ‼」

「貪欲な目……スーレ様達に、あなたのような者を近づけるわけにはいかぬな」

大司教は、落ち着いた表情で喋る。当然、互いに言葉は分からない。

だが、パシュバルは大司教の言葉が分かる。

「ウドゥル殿‼　私が訳します！　だから手荒な真似は！　っ⁈」

パシュバルは、大司教の顔が変に穏やかなのを見て、自分の予知能力を発動した。

すると五秒後に神殿の屋根が崩れる光景がありありと目に浮かんだ。

「ウドゥル殿!!　すぐにここから!!」

パシュバルはすぐに叫ぶ。だが、ウドゥルたちは勿論、パシュバルですら外へは到底間に合わなかった。大司教が神殿の梁にいる爺に、目配せする。すると、神殿内に爆発音が響き渡った。

神殿の屋根が崩れると、ウドゥルとオーク達は叫び声を上げることもなく重い岩の下敷きとなった。もちろん、大司教も爺も。

パシュバルは必死に身をかがめたが、すぐに自分の体に岩が落ちたことに気が付いた。

広場にいた南魔王軍の魔物達は、突如神殿が崩れたことに狼狽《うろた》える。

そこにパシュバルが港へ向けた魔物が報告を上げる。

「人間だ！　人間が海の底を逃げているぞ!!」

魔物達は、自分たちが騙されたことを悟った。崩れた神殿の瓦礫《がれき》から、大将が出てこないと分かると、オークの一体が叫んだ。

「ウドゥルの頭の仇を討て!!」

魔物達は大挙して、割れた海へと向かって行った。

「……ま、待て。皆、落ち着け」

崩れた神殿から、パシュバルの声が響いた。

パシュバルは満身創痍になりながらも、神殿の瓦礫から必死に抜け出そうとする。

「誰か!!　僕をここから出してくれ!!」

そう叫ぶも、部下は皆割れた海へと向かってしまった。自分の救助のためではない。このままでは部下が危ない、とパシュバルは這うように瓦礫をかき分ける。

やっとの思いで瓦礫から抜けたパシュバルの体からは、すでに大量の出血が。

とりあえず止血しようと、外傷を癒す回復魔法をかけるが、魔力の低いパシュバルではどうにもならなかった。

このままではアルフレッド王子に、あの世で合わせる顔がない。

パシュバルがそう思った時、一人の老人が声を掛けてきた。

「そこの方……まだ生きておられるのかな？」

その声の主は、大司教であった。衣服はボロボロ。体からは、パシュバルほどではないが血が流れている。

「……してやられましたよ。あなた方は囮を。いや、見捨てられたのですか？」

パシュバルは、人間の言葉で返した。

「見捨てられてなどおりませぬ。我々の意志でここに残ったのです」

「ふ……そうですか。人間はもっと冷たい生き物だと思っていたので」

「確かに人間には冷たい者もおるようだ。しかし、そうでない者もおる。魔物にもそういう者がいるようにな」

「……分かったようなことを。ところで僕を殺さなくても良いのですか？　仕留めそこなったのに」

「殺したくなどなかった。あなたも、あのオーク達も」

「馬鹿な。我々はアルシュタートの人間を数多殺してきたのに……え？」

パシュバルは、自分の体が温かくなっていることに気付く。

「何を?!」

「私の体力はあなたにあげましょう」

大司教は、自分の体力をパシュバルへ供給し始めた。

「な、何故？」

「私だけ生き延びたとなれば、爺……それに死んでいった者達が納得しない。それに、あなたを助けれれば、少しでもアルシュタットのためになる」

「何を馬鹿な?!　あなたの仲間を再び殺すようになるだけだ」

「いいえ。きっとスーレ様やアキト殿と会えば、考えが変わるはずだ」

「有り得ない!!」

パシュバルはそう叫ぶが、大司教はばたりと倒れてしまった。

すぐに倒れた大司教の肩を揺らすパシュバル。

「神官殿！　あなたの名前は？」

「私はマヌエル……エリオ様の師駒……」

「マヌエル殿……かたじけない。でも、僕じゃ何にも……」

「エリオ様……今お近くに……」

大司教は主人の名を最後に、息を引き取った。その体は次第に透明となって、黄金色の師駒石を残した。

「……僕だって平和が好きだ。でも、戦争を仕掛けてきたのは人間なんだぞ」

パシュバルは大司教の遺した師駒石を握りしめ、港へ向かった。焦る兵達の指揮を執るためである。

だが、すでにケンタウロスやヘルハウンドといった足の速い魔物は、アキト達の倍の速度で海の道を走っていた。

※

神殿が崩れる音は、海の道を進むアキトの耳にも入った。

大司教が仕掛けたという、探知式の爆薬。それが爆発したのだろうと、アキトは考えた。

「……だいぶ走ったな」

「はい、旦那様。丁度、アルスまで道半ばと言うところでしょうか」

息を切らすアキトに、アカネが答えた。アカネやシスイ、セプティムスと第十七軍団は、悠々とした表情で走っている。

だが師駒達以外の兵は皆、そろそろ息も切れ始めていた。

フィンデリアが何時《いつ》までこの状況を維持できるか。アキトの心配はそれに向けられていた。

もし途中で海が元に戻れば、皆仲良く海の底だからである。

そんなアキトに、追い打ちをかけるようにシスイが報告する。

「む。アキト殿、敵がアルシュタットから迫っているでござる」

「もう来たか……皆、急げ！」

アキトの声に、兵士たちは皆後ろを振り返った。

逃げるには、この道を少しでも早く進むしかない。そのせいか、皆の足が見る見るうちに速くなっていった。

アキトもそれを追うように走っていく。

しばらく走ると、海底に船の帆柱が突き刺さるように立っていた。ただの沈没船の残骸。皆逃げることに必死で、特に興味は示さなかった。

しかし、アキトは帆柱の近くに、何か棒のようなものが刺さっていることに気付き、立ち止まった。

棒の先には、天使の羽のような彫刻があしらわれている
「アキト様、いかがされました。うん？　杖みたいですね」

リーンもアキトの隣に立ち止まって棒を見やる。

「みたいだな……」

もしやこれは、とアキトは大司教の言葉を思い出す。

前アルシュタート大公であるエリオ。スーレの祖父であるエリオは、アルシュタットとアルスの間の海で命を落とした。

その際に、持っていた師杖。それが、目の前にあるこの杖ではないかと。

「エリオさんのものかもしれない……スーレに確かめてもらおう」

アキトはそう言って杖を引き抜き、再びアルスへと向かうのであった。

「逃げろ!!　もう少しでアルスだ!!」

アキトは皆に向かって叫んだ。目と鼻の先に見える一ノ島。

だが後ろには、ものすごい速度で追い上げてくる魔物達の姿が。

もう駄目か、アキトがそう思った時であった。

大きな岩が魔物達へと投げ入れられる。潰されたのは数体のヘルハウンドだが、皆、それを避けるように進むので時間が稼げた。

「ベンケーか!!」

アキトは、海の道のアルス側を見て叫んだ。

ベンケーは、敵が追ってきた場合に備え、その背中を守りながらアルスを目指していた。

続いて、一ノ島から矢が放たれる。矢は魔物達へ次々と射かけられた。

矢を射かけたのは、アカネとシスイが訓練した兵だ。皆、それなりに魔物へ矢を当てられている。

そうしている間に、アキト達は一ノ島へ到着することができた。

「アキト!!」

スーレが叫ぶ。マンドラゴラのハナも一緒だ。

そして少し離れた砂浜で、海へ足をつけながら両手を挙げているフィンデリアが。

「フィンデリア!! 皆、渡り終えた!! もう大丈夫だ!」

アキトが叫ぶと、フィンデリアは振り返り、一度頷くと両手を降ろす。

すると、割れた海は見る見るうちに、元の形へと戻っていく。

海へ飲まれる魔物達。足の速い魔物の後ろに、オークや他の魔物も続いていたようだ。海面にいくつかの渦が出来たと思うと、それは魔物達を海の底へと引き込んでいった。

しばらくして渦が消えると、海は何ごともなかったかのように元の平穏な姿へと戻る。

南魔王軍は、誰もが思ってもいなかった損害を出すのであった。

一章最終話　軍師、師駒に感謝する

「アキト！」

スーレがアキト達の元へ駆け寄ってくる。ハナや何人かの住民も一緒である。

命からがら逃げてきた兵士達にも、砂浜で待機していた人々から水や食料が配られた。

「アキト……よかった！」

スーレは泣きじゃくりながら、アキトに抱きついた。

「ただいま、スーレ。皆を連れて帰ってきたよ」

アキトはこの時、自分はやり遂げたと思った。後に大司教と爺がいないことに気付くまでは。

「……うん！　ありがとう」

同時に、スーレはアキトの手元の杖に気が付く。

「アキト、それ……」

アキトが海底で拾った、天使の羽の彫刻が付いた杖。

「やっぱ、エリオさんの物か」

「うん。おじい様ので間違いない。わたしが小さい時、おじい様は必ずそれを持ってたから……」

「そうか。じゃあ、これはスーレが持ってないとな」

スーレは涙ぐみながら頷くと、杖を受け取り、大事そうに頬を寄せる。

「おじい様の杖……アキト、ありがとう」

「俺は拾っただけだ。フィンデリアが海を開いてくれたんだし。きっとその杖が、スーレにも良い出会いをもたらしてくれるはずだ」

「うん！」

スーレの声にアキトは、自分の師駒達の顔を見た。そして頭を下げる。

「皆、本当によくやってくれた。アルシュタットへの移住計画が上手くいったのは、皆のおかげだ」

アキトの言葉に、まずセプティムスが答えた。

「アキト殿の計画があればこそ、ここまで逃げてこられたのです」

「某、此度はこれといった手柄を立てておりませぬ、アキト殿。礼には及びませぬよ」

「姉様の言う通り。旦那様のため尽くすことは、我らにとっての悦びですから」

シスイとアカネも、アキトへそう返した。

「いや。セプティムスと軍団は、居住区の水道敷設まで幅広く仕事をこなしてくれた。シスイとアカネは偵察、それにさっき矢を放った者達へ訓練してくれたじゃないか」

アキトは、ハナとベンケーに向かって更に続ける。

「ハナは食料の生産、ベンケーは居住区の建設をやってくれたな。それに、リーン。お前が危険を冒してまで敵の接近を知らせてくれたり、流言を放ってくれたおかげで、俺達はここに立っている。皆、改めて礼を言わせてくれ」

そう言って、アキトは再び頭を下げた。

「アキト様、私もハナも喜んでいます。ベンケー様も！」

リーンはそう答え、ベンケーは胸をドンドンと叩いて喜んでいる。

「そんな皆の働きに、俺は何か報いたい。しばらくここでは貧しい暮らしを強いられることになると思うが、俺に出来ることなら何でも言ってくれ」

アキトはそう言い残して、足早にフィンデリアの方へ向かって行った。

スーレもそれに付いていく。

残された師駒達は、それを見て盛り上がり始めた。

まず、アカネは嬉しそうに口を開く。

「聞きました？　姉様。旦那様が望みを叶えてくださるそうですよ！　わたくしは床を共にさせていただこうかしら」

「アカネよ……我らは大手柄を立てていない。それで褒美に預かろうなどと」

「む！　姉様は本当に堅物ですね！」

アカネはシスイの言葉に、頬をぷくっと膨らませた。

それを聞いていたセプティムスが口を開く。

「あれもアキト殿のお優しさの顕れなのだろう。師駒に過ぎない我らに、礼を言うのだからな」

「うむ。主君は、家臣に討ち死にしろと言うのが、その務め。アキト殿は、正反対だ」

シスイは、うんうんと首を縦に振った。

「そ、そんな乱暴な主君がいらっしゃるのですか？」

セプティムスは、シスイに困惑した表情を見せる。

「私としては、アキト様のためもっとお役に立ちたいです」

リーンの呟きにセプティムスが答える。

「うむ、リーン殿の仰る通り。我らもより一層アキト殿のため、尽くさねばいけませんな」

「某とアカネは戦闘以外、とてもお役に立てぬ。何か、我らなりに貢献できることを探さねば」

シスイの言葉に、ハナが何やら人には分からない言葉で語り始める。

「……何なに？　私はアキト様に、育てた美味しい物を食べていただきたい……ハナ、素晴らしいお考えです！」

リーンはハナの言葉を訳した。ハナはその植物の成長を早める力で、美味しい物をアキトへ食べさせたかったのだ。

そんな中、セプティムスはベンケーが何かをしていることに気が付く。

「うん？　ベンケー殿何をされて？」

ベンケーは近くの岩を取り出すと、それを器用に掘り出していく。一分もかからない内に、アキトの等身大の彫像が出来上がった。

少し本物のアキトを美化したような顔立ち。着てもいない壮麗な鎧を身に着け、持ってもいない立派な剣を、天に向かって突き上げている。

その像を見て、アキトの師駒達は驚く。

「おお！　これは何とも見事な！」

セプティムスは声を上げて、ベンケーを称えた。

他の師駒達も、ベンケーを褒める。

「ああ、何と勇ましい!!　わたくしにも一体下さい、ベンケー様！」

アカネの言葉に、ベンケーはもちろんと頷く。すると、すぐに同じものを作り上げてしまった。

「お見事です、ベンケー様！　私の変身能力以上です」

リーンも、ベンケーが作った彫刻を評価した。

ベンケーは、恥ずかしそうに自分の頭を掻く。

「姉様、これは負けておられませんよ！」

「うむ。しかし、アカネ。我ら姉妹は何をすれば良いのだろうな」

「まずは湯浴《ゆあ》みの際、アキト殿のお背中を流すというのはどうでしょうか！」

「それは名案だ！　だが風呂などあるのか？」

シスイの声に、セプティムスが答える。

「浴場なら造ったことがございます。ベンケー殿のお力があれば、民衆のための大浴場も造れるでしょう」

「おお、ならば早速お願い申し上げる。我ら姉妹もお手伝いしますゆえ！」

シスイはそう言ってセプティムスとベンケーへ頭を下げた。

いつしかどういう褒賞をもらうかと言う話ではなく、アキトへどう尽くすかに、師駒達の話題は移っていった。

盛り上がる師駒達を背に、アキトはスーレと共にフィンデリアの前で足を止める。

素足で砂浜に立つフィンデリア。長いブロンドの髪と白い長衣《ながぎぬ》が、潮風に揺らされた。すっかり昇っていた陽の光が、その髪と服を照らす。

海を割るという神業も相まって、アキトにはフィンデリアが女神のように見えた。

「フィンデリア……ありがとう。君のおかげで、皆を助けられた。だが、体の方は大丈夫なのか？」

アキトの言葉に、フィンデリアは海水を指さした。

ただの綺麗すぎる透明な水。一瞬アキトは頭を捻るが、すぐにその意図を理解した。

「アルスの水……大司教が人々を癒す水って言ってたな」

アルス島の頂上、丘の上の湖に湧き出るアルスの水。

その膨大な水の力がフィンデリアに海を割る力を授けたのだろうと、アキトは納得する。

「看病中、ずっとフィンデリアさんにアルスの水を飲ませていたんだ」

「そうだったのか。この水でフィンデリアは元気になれたんだな。スーレ、ありがとうな」

「わたしなんて何も。このアルスの水がすごいだけだよ」

「スーレが看病してくれなかったら、こんなにフィンデリアは元気にならなかったぞ」

アキトの言葉にフィンデリアは頷いた。

「そうかな？」

「もちろん。誇っていいことだよ。スーレもアルシュタットの人々を救ったんだ」

スーレはそれを聞いて照れる。

そんなスーレを微笑ましく思いながら、アキトは続けた。

「しかし、本当に良かった……もう君が目覚めないんじゃないかって。君がいなければ、俺はここにいなかっただろう」

フィンデリアは、それを聞いて顔を赤らめる。その恥ずかしさを紛らわすためか、すぐに両手を腰に置いて、どうだと自慢するようなポーズを取った。

「フィンデリアさん、本当にすごかった！　わたしもあんな魔法が使えたらな」

「スーレ。多分、あれは魔法じゃ真似できないと思う。って、フィンデリア何を！」

フィンデリアは再び、両手を天にかざす。すると、アルシュタット側へ大きな波を引き起こした。

沿岸の南魔王軍を殺すつもりだろうか、とアキトは焦る。

「ま、待てフィンデリア。これ以上、殺す必要は！」

アキトはそう言って、アルシュタット側の砂浜を見た。すると、そこには続々と南魔王軍の魔物が打ち上げられているではないか。

「魔物達を、助けてあげたのか」

フィンデリアは、アキトを見て深く頷いた。

その圧倒的な力にも関わらず、殺生を好まない。アキトはフィンデリアに感心した。

師駒が元々何なのか、どこからやってきたのはアキトや人間にはよく分かっていない。帝国の軍師達の間では、違う世界の人間や魔物だとか、天に召された者達なのだと言われている。

しかし、どれも推測の域を出ない。師駒は決して、自分がどうしてこの世界に召喚されたのかを語らないからだ。

「すごい……フィンデリアさん、かっこいい!!」

スーレはフィンデリアの足元へ抱き着く。

フィンデリアは嬉しそうに微笑み、スーレの頭を撫でた。

髪の色は違えど、まるで親子みたいだとアキトは心を和ませる。

そんなアキトの名を呼ぶ声が。

「アキト様!!」

声の主はリーンだ。その後を追う、アキトの師駒達。

リーンはアキトの胸へ飛び込むと、興奮した口調で。

「私達、アキト様へ進言したいことがあるのですが!!」

※

こうしてアルシュタート大公領の人々の新たな生活が始まった。

風光明媚なアルスの島々。大陸との間には、南魔王軍を阻む海と潟湖が広がっている。

質素な家と、いくつかの農地しかないこのアルス。それが帝都や魔都をはるかにしのぐ大都市になるのは、そう遠い未来の話ではなかった。

アキトは、スーレ、師駒、領民と共に、このアルス島を発展させていくのであった。

※

夕方を迎えるアルシュタットの広場。今朝ウドゥルが死んだと聞いて、アルフレッドは急ぎアルシュタットへ入城していた。

「面目ありません……アルフレッド王子」

パシュバルは額を地に付けて謝罪する。

アルフレッドは、八本足の黒馬の上でパシュバルに答える。

「いや、パシュバル、顔を上げてくれ。これは僕の責任だ。こんなことになるとは予想もつかなかったからね」

「いえ、アルフレッド王子は何も!! 僕がもっと警戒していればこんなことには」

「ウドゥルは……惜しい事をしたが、海に飲まれた者も少しづつ帰ってきているのだろう?」

「はい。ですので、思ったよりも被害は軽いかもしれません。しかし、海が割れたかと思えば、今度は大波が迫ってきて……もう僕の頭は、理解が追い付きません」

「うん。にわかには信じがたいことだね。だが、あの島には何か秘密がありそうだ。放って置くわけにはいかないな」

「攻めるのですか？」

「まさか！ 船もない我々に何ができる。空を飛べる者は少数。空から攻めるのも難しい。魔都から空を飛べる師駒を呼び寄せてはいるが。とにかく、このまま放置しておいては後方を衝かれる恐れもある。……困ったものだね」

「交渉が出来ればいいのですが。ああ、そう言えば。アルフレッド王子……これを」

パシュバルは思い出したように、アルフレッドに金の師駒石を渡す。

「ほう？ これは随分と立派な師駒石だな」

「この神殿の神官……私を救った師駒が残した物です」

「ふむ。使えるかもしれないね」

パシュバルから渡された金の師駒石を見て、アルフレッドは呟く。

——どうする？　こんなところで遠征が躓《つまず》くなんて。

アルフレッドは必死に頭を捻らせ、アルスへの対処を考えるのであった。

※

軍師学校の学長室。

その中でエレンフリートは一人、メルティッヒの布陣図を見ていた。

あの時どうすれば、リヒト以上の勝利を収めることができたか。メルティッヒの戦い以降、エレンフリートは毎晩のように、こうして頭を悩ませていた。

だが回答は出てこない。勝ちの判断も、全ては理論上での勝利。それですらリヒトの勝利には遠く及ばない。

白髪頭はすっかり伸びっぱなしとなり、パサついていた。

「くそっ!!!」

エレンフリートは苛立って、布陣図を置いた机を両手で叩く。乗せられていた駒のいくつかは、机から転げ落ちていった。

「くそがっ!!!　あの若造共がっ!!!」

布陣図をビリビリに破り始めたエレンフリートの瞼の裏には、自分より若いリヒト、アキトの顔が浮かんだ。

生徒が、学長である自分を超えるとは――

利己的なエレンフリートは、それが許せなかった。

そんな中、扉を叩く音が。

「誰だ?!」

エレンフリートの声に、真っ黒いローブを身に着けた者は許可もなしに扉を開ける。

黒いフードを目深に被った男は、学長室に入り、エレンフリートに向かって告げた。

「エレンフリート……真の皇帝陛下が、あなたを必要としておられる」

リヒトによる勝利に沸く帝国の裏で、動き出す影があった。

閑話一　師駒達の勉強会

「ということで、私達はもっとお互いの事を知る必要があると思うのです！」

アルスのある建物の中、リーンが言い放った。

卓を囲んでいた者達は、その言葉に頷く。

「リーン殿の仰ることはもっともだ。今後の連携の為にも、我らは互いの事をよく知っておくべきでしょう」

答えたのは、セプティムス。今日も古代の帝国軍の鎧を着ているが、兜は脱いで短い金髪を見せていた。

「と言っても、何をされるのです？」

大鎧を着た紅い瞳の娘が、そう訊ねた。アカネだ。

「やはり互いを知るには、手合わせが一番であろう」

アカネの次に発言したのは、その姉のシスイであった。おかっぱ頭のシスイは紫色の瞳をアカネに向ける。

「て、手合わせ?!　親睦を深めるってことですよ、姉様！」

「なるほど、私や第十七軍団、シスイ殿とアカネ殿、それにベンケー殿は武闘派。それもいいでしような」

シスイの提案にセプティムスは頷く。

「セプティムス様まで！　リーン様、何とか、言ってあげてください！」

「まあ、いいんじゃないでしょうか。私は遠慮しますが」

リーンの言葉に、肩を落とすアカネを慰めるようにハナが、頭の葉で撫でる。

フィンデリアは、黙ってにこにこと見守るだけだ。

「でも、それではハナも私も困ってしまいます。ここは、それぞれの得意なことをアピールするというのは、いかがでしょうか？　そしてアキト様に、誰の特技が一番気に入ったかを判断してもらうとか」

「いいじゃないですか、それ！　賛成、賛成です！」

アカネは急に元気を取り戻したように、手を挙げる。

こうしてアキトの師駒達は、それぞれが得意なことを主人の前で披露することになった。

アキトは詳細を知らされぬまま、ある夕方に師駒の集まる広場へと呼ばれる。

「アキト様、お待ちしておりました！」

「リーン、これは一体どうした？」

アキトはぴょんぴょんと飛び跳ねてきたリーンへ訊ねた。

「アキト様、実はかくかくしかじかで！」

「なるほど、それで俺に皆の特技を見てほしいと」

「はい！　まずは、ベンケー様がお見せしたいそうです」

ベンケーは、アキトへ手を振る。その後ろには、何やら布の掛けられた大きな長方形の物体があった。

「そうか。じゃあ、早速見せてもらうとしよう」

アキトはベンケーの元へと歩いていく。

「ベンケー、一体何を作ってくれたんだ？」

ベンケーはそれを聞いて、長方形の物体に掛けてあった布をどかした。物体は石板であった。何やら多くの人型が掘り出されているようだ。

「これは……」

アキトは思わず、石板に目を奪われた。

「これはフェンデル村での戦いと、アルスでの戦い。そして一番最後は俺やスーレと皆……俺と出会ってからを、彫刻にしてくれたのか」

ベンケーはアキトの声に、首を縦に振る。

「ベンケー、ありがとう。出会った人の顔を忘れずに済むよ。でも、俺はこんな格好良くないからな」

アキトは少し笑って、はにかむ。

ベンケーはアキトに喜んでもらえたことが、嬉しいようで、手を上げて万歳した。

「むむ、これは一位かもしれませんね……では、次は、第十七軍団の皆さんです！」

リーンはそう言って、体を伸ばす。誰かに合図を送っているようだ。

すると、第十七軍団の者達は、楽器を鳴らしたり合唱をし始める。それを指揮するのは、セプティムスだ。

演奏している曲は、アキトや今の帝国人が聞いたこともないようなものだった。しかし、どこか懐かしさを感じるような音楽。

この音に、アルスの住民達も、興味深そうに集まってくる。

音楽が終わると、アキトだけではなく、広場の人達も拍手を送るのであった。

「皆、とてもいい演奏だったぞ！」

アキトがそう声を送ると、セプティムスは振り返り、頭を下げる。

「これも、なかなかの出し物ですね……では、次はシスイ様とアカネ様です」

リーンは、再び体を伸ばして左右に揺れる。

すると、広場に設けられた石の台座で、シスイとアカネが風変わりな衣装で現れる。

アキトには見覚えのある衣装であった。ヤシマの民族衣装である、ワフクだ。

その二人に合わせ、第十七軍団の兵が演奏を始める。

しかし、アカネは緊張した様子だった。

「あ、姉様、やっぱやめましょう」

「今更何を申すか。そもそも、某がヤブサメを披露すると言うのに、アカネが舞を舞いたいと申したのではないか」

シスイは赤面するアカネに言い放った。

「そ、それはそうですが……でも、こんなに人がいるなんて思わなくて」

広場という場所がら、人が集まるのも無理はない。だが、アカネは極度の恥ずかしがり屋だった。

「……あ、そろそろ頃合い。いくぞ、アカネ」

シスイはそう言って、扇子を広げて舞い始める。アカネも恥ずかしがりながら、ぎこちなく扇子を広げるのであった。

シスイの舞が流れるように美しいのに比べ、アカネはまるで子供のような落ち着きのない舞だった。

それでも、二人が舞い終わった後、広場の人々は皆拍手を送る。

シスイは綺麗なお辞儀をするのに対し、アカネはやってしまったと顔を隠しながら頭を下げるのであった。

アキトもこの二人に、大きな拍手を送った。

「いや、カグラ舞か。昔見た覚えはあるが、今こうやって再び見ると、良いものだな」

「アキト殿の故郷の舞なのですね。……これも強敵。では、次にハナの方へ行きましょう」

リーンはそう言って、アキトをハナの方まで案内する。

マンドラゴラのハナは、大きな花壇の中で、アキトに頭の花を振った。赤、白、青、色とりどりの花に囲まれていた。

「おお、綺麗な花壇だな。これはハナが育てたのか？」

ハナはうんと頷く、そしてリーンへ魔物の言葉で何かを伝えた。

「アキト様、ハナはこのアルスをこういった植物で一杯にしたいそうです」

「そうか。街が綺麗になれば、俺だけじゃなく皆も喜ぶはずだ。是非、そうしてくれ」

ハナはぺこりとお辞儀をすると、嬉しいのか頭の花と葉を揺らす。

「ハナらしい作品ですね……見事でした。では、アキト様、次は私ですが」

「リーンも何か見せてくれるのか」

「はい。その前にまず質問なのですが、アキト様は好きな方はいらっしゃいますか？」

リーンの突然の質問に、アキトは焦る。

「と、突然どうした、そんな質問して？」

「アキト様の好きな方を聞かせてもらいたいのです」

「俺は、リーンの事好きだよ。他の師駒の皆もスーレも」

「むむ、そういうことではないのです。誰か思い人などいらっしゃらないかと」

「思い人……俺にはまだ、そういうのは早すぎるよ」

「それは困りましたね……では、適当に」

リーンはそう言って、自分の体をくねくねと動かす。そして人型になったかと思えば、青色から肌色へと変わっていく。髪や服の部分にも色が着き、それはやがて……。

「あ、アリティア?!」

「はい、アキト様！　アリティア様のお姿です！」

リーンは本物のアリティアの外見で、声まで真似することが出来た。

「そ、そりゃ分かるけど、何でアリティアに」

「え？　それは、アキト様はアリティア様の事が好きだと思いましたので」

「な、何でそうなるんだ?!」

「適当にアリティア様のお姿を借りただけなのですが……もしや、本当にアキト様は」

「アリティアとは、そういう仲じゃない！　俺とアリティアは……」

アキトは自分が焦っていることに気が付き、平静を装うために続けた。

「まあ、リーンのすごさはよく分かったよ。だから、変身は解いてくれ」

「かしこまりました！　それでは最後は、フィンデリア様ですね」

リーンはそう言って、遠いどこかへ合図を送る。

だが、しばらくは何も起きなかった。

「あれ？　何も起こらな……いや」

アキトは夕暮れ空に、何かが現れたことに気が付く。

空には、綺麗な七色の橋が架かっていた。

「虹か……さすがフィンデリア、こんなことができるなんて」

アキトは、改めてフィンデリアの規格外の能力に感心する。

「ぬぬ……これは文句なしで一番でしょうね……アキト様、審査をお願いします」

「審査？　ああ、そうだったな。順位はつけない」

「え？」

「皆、素晴らしかった。俺も皆の事を良く知ることができるいい機会になったよ」

「アキト様……私は、やっぱ裸にならなければ」

「待て！　どうしてそういう理屈になる!?」

アキトは、リーンの変身を慌てて止めた。

そこに、脇から声が掛かる。

「アキト！　何か楽しそうだね。何かのお祭り？」

「スーレか。いや、皆が俺に特技を見せたいって言ってくれてな。街の人達も喜んでくれているみたいだ」

アキトはそう答えて、周りを見渡した。

セプティムス達はまた音楽を奏でている。シスイやアカネはそれに合わせて舞っていた。ベンケーやハナは自分の作品を、住民達に自慢しているようだ。リーンは、その作品の近くで住民達へ人間の言葉で紹介し始める。

フィンデリアの虹は日が沈むまで、それらを見守るように空に掛かっていた。

「皆、得意な事があるんだね」

「ああ。これが俺の師駒達だよ」

アキトは改めて自分の師駒達との出会いを、誰に向けるでもなく感謝するのであった。

閑話二　アルスの浴場

「おお！　立派な浴場だ！」

アキトは、白い石材で造られた大浴場を見上げて、感嘆の声をあげた。

一ノ島の大陸側に出来た広場。それに面するように造られた、ドーム型の屋根が特徴的な大浴場。

入口近くには、やけに精巧な人の裸像が立てられていた。

セプティムスが説明する。

「一ノ島中央で、白い大理石が取れましたので早速使ってみたのです。私の良く知る様式です。皆様に気に入っていただけると良いのですが」

「気に入るさ！　俺は気に入ったよ！　皆が最初に使う公共施設としては、美しすぎるぐらいだ」

アキトが興奮気味に言うと、スーレもはしゃぐように声を出した。

「大きい！　アルシュタットの浴場よりも何倍、何十倍も大きいよ！　それに、綺麗な窓！　壁にある像や模様も綺麗！」

アキトが想像していた完成形は、住居と同じように質素な箱型を大きくしただけのものだった。

だが、目の前の建物には華美な彫刻が施され、屋根も美しいドーム型だ。壁はいくつものアーチで支えられており、所々ガラスがはめ込まれている。

「それは良かった！　浴場の中も外も、彫刻は全てベンケー殿の力作。その出来に、私もただただ感嘆するばかりでした。休憩中も何をされているのかと思えば彫刻作りですからね」

セプティムスが褒めるので、ベンケーは恥ずかしそうにする。

「さすがだ、ベンケー。これからも街の至るところで、お前の芸術の才能を生かしてくれ」

アキトのその言葉に、任せてくれと言わんばかりに胸を叩くベンケー。

ベンケーはその見た目によらず、器用で繊細な感性の持ち主であった。

アキトはこれからも、ベンケーに街の基盤を整える役割を任せるつもりだ。

だが、休憩中にまで彫刻を作るとは。皆のためにやっているのかは分からないが、結果として皆のため、街のためとなっている。アキトはベンケーに頭が上がらなかった。

礼を伝えるため、アキトはベンケーを見上げる。

「ベンケー、ありがとうな。でも、たまには休んでくれ。それと何か希望があれば、いつでも言ってな」

アキトの労いに、ベンケーは小刻みに胸を何回か叩いて鳴らす。

その音を聞いて、アキトの足元にいるリーンが訳す。

「これからも彫刻をさせていただければ、それが何よりの喜びとベンケー様は言ってます！」

「そうか。ベンケー、お前には街が大きくなったら、いつか専用の工房を造ろう。そこで自由に展示するといい。これからも、建築と彫刻を頼んだぞ」

ベンケーはそれに応じるように、頭を下げる。

それを見たセプティムスが口を開いた。

「私も工房を造る際はお手伝いさせていただきましょう。さ、アキト殿。どうぞお入りください。お湯はさすがに用意できませんでしたが、この気候。水でも十分でしょう」

「ああ。お湯は後々、生活に余裕が出てきたら考えればいい。帝都ですら、お湯なんて貴族以外使わないからな。じゃ、行くとするか」

アキトはセプティムスにそう答え、浴場の中に入ろうとする。

それに続くスーレ、リーン、シスイ、アカネ。

「あれ？　セプティムス、ベンケー。お前らは来ないのか？」

「え。あ、ああ。我らはまだ仕事がございますから。遠慮なさらず」

セプティムスはそう言って、ベンケーと共にアキト達を見送ろうとする。

何か目配せをしているようで、アキト以外は皆浴場へと入っていった。

「仕事？　それなら俺も手伝……」

「大丈夫ですアキト殿！　部下への簡単な指示ですから！　そうですな、ベンケー殿！」

セプティムスの言葉に、ベンケーは首を何回も縦に振った。

「そっか。じゃ、先に入ってるぞ」

「ええ、ごゆっくりどうぞ、アキト殿！」

アキトは、セプティムスとベンケーに見送られながら、浴場へと入っていった。

「ふう……ベンケー殿、すまぬな」

ベンケーは気にしていないと、首を横に振る。

「一緒に入るのが、野郎では何とも面白みがないことだろう。ベンケー殿、我々は後で入りましょうぞ」

セプティムスの言葉に、ベンケーはうんうんと頷いた。

——仕事なんて残っていたっけな？　いや、張り切り過ぎて次の仕事に取り掛かってるのか？

休むことの大事さを教えなければと、アキトは浴場の入り口の通路を歩きながら思うのであった。

通路は非常に広く、天井までも高かった。ベンケーも浴場を使えるように設計されているのだ。

アキトは通路を進むと、すぐに大広間へと出る。

奥にはいくつかの扉のない門があった。その向こうに脱衣所、更にその向こうに浴場がある。

現に何名かのアルシュタットの人々が、脱衣所を出入りしているようだ。

「……しかし、良い香りだな」

白い壁や天井には、アルシュタットから持ち込んだ、光を放つ石の照明が取り付けられている。

また、壁際には綺麗な花が植えこまれた鉢が置かれていた。中には低木が植えられた鉢も。

いくつかの丸い机は、入浴後休憩する場所であろうか。周りには椅子が置かれている。

すでに何人かの人達は、入浴を済ませているようだった。飲み物を口にして談笑をしている。

机の中心には、煙の出るガラスの置物が。いい香りの正体はこれかとアキトは顔を近づけ、さらに嗅いでみる。

「それはハナが二ノ島から見つけてきた花を香料にした香炉です」

リーンが説明する。その後ろには、ハナを抱いたスーレ。

「そこに植えてある植物も、全てハナが見つけてきたんだって。どれも可愛いし、良い匂いだね。この花の香りは、アルシュタットの人も昔から慣れ親しんだ匂いなんだよ。石鹸とか、お茶に入れたりとか」

「そうか……家を失ったアルシュタットの人達の心を癒せるだろうな。ハナ、お手柄だ」

ハナは、恥ずかしそうにペコリと頭を下げた。

「じゃあお礼として、ハナちゃんは私が体を洗ってあげるね！　さ、行こう！」

スーレはそう言って、ハナと一緒に広間の奥へと入っていった。

「そっちが女湯だな。じゃあ、右側が男湯か」

しかし、リーンがアキトを呼び止める。

「アキト様！　アキト様はこちらです！」

「え？　そっちは何だ？」

リーンが進む方向。壁に開いたアーチ型の門。どうやら上へと続く階段のようだ。

「露天風呂です。シスイ様とアカネ様が考案された、屋外の浴場です！」

「露天風呂!?　それはまた懐かしいものを」

幼少時に何度か、故郷のヤシマで入った露天風呂。

この大陸の人達は皆、屋外に風呂を造ったりしないので、アキトにとっては数年以上耳にしていない言葉であった。

「今日は私達の貸し切りです。さあ、行きましょう」

「おう、行こう行こう！」

軍師学校を出てから風呂には入れず、顔や体を水を含ませた布で拭うぐらい。

久々の風呂に、アキトの心は嫌でも踊った。

「ここが脱衣所です、アキト様！」

「お、しっかりと棚まで作ってあるのか」

「はい。下の屋内の浴場も、構造は全く同じですよ」

「温泉大国ヤシマや、帝都のそれと全く変わらない造りだな」

アキトはそう言って、服を脱ぎ始めた。

ピカピカだった軍師学校の制服。それが今では、しわくちゃだ。思えば遠いところまで来たものだ、とアキトは感慨を抱く。

「よし、入るか」

「お供いたします、アキト様」

「リーンも、風呂は軍師学校以来だもんな」

「はい。ですので、少し体の潤いが落ちてしまった気がします」

「そうか。じゃあ、今日はゆっくりとお風呂に入ろう」

「はい！」

脱衣所を出て、浴場へ入るアキト。

「湯気？　お湯はないんじゃないのか？」

アキトは何故か立ち込める湯気を不思議に思うが、少し進むと、そんな疑問は吹っ飛んでしまう。

「シスイ?!　アカネ?!」

湯気の向こうには、一糸纏わぬ姿の、シスイとアカネが立っていた。

「アキト殿。某が背中をお流しいたす」

「旦那様。わたくしはお身体を揉みほぐしますので、今日はゆっくりなさって下さい！」

「背中を流す？　体を揉む？　二人は俺の奴隷じゃないんだ。そんなことをする必要はない」

アキトはシスイとアカネにそう返したが、その顔は真っ赤になり、必死にシスイとアカネの体から目を逸らそうとしている。

ちらりとアキトの目に映る二人の体は、普段の鎧姿からは想像もできないほど、女性らしい体つきだった。豊満な胸と尻。引き締まった足とお腹が、更にその魅力を引き立てる。

アカネがアキトへ微笑む。

「奴隷？　旦那様、わたくし達は自分たちの願望のため、こう申し上げているのですよ」

「左様。やはり師駒と主君。裸同士で語り合える仲にならねば」

シスイもアカネに続いて頷く。

「い、いやしかし。師駒とその主人と言えど、男と女……やっぱ俺はセプティムス達を待つことに……」

そう言って振り返ったアキトの肩を、アカネはがっしりと掴む。

「わたくし達に報われたいと、仰いましたよね？」

「……はい」

「自分に出来ることなら、何でもすると」

「……言ったね」

「一緒に入浴することは、出来ないことなのでしょうか？」

「……」

アキトはアカネの脅迫的ともいえる言葉に黙ってしまう。何か良い言い訳を考えるが、軍師学校ではそんなことを教わらなかったし、女性への接し方も考えたことがなかった。

「では、こちらへ旦那様」

アキトはアカネに言われるがまま、壁側の椅子へと座らされた。

「では、水をお流ししますね」

少し高い位置にある壁の蛇口から、水が流れ出す。蛇口の先に細工がしてあって、水は雨のようにアキトへ降り注いだ。

「では、姉様はお体を洗ってあげてください。リーン様は頭を。私は脚から揉ませていただきます」

「承知した！」

「分かりましたアカネ様！　では、行きますよアキト様！」

アカネの言葉に答えるシスイとリーン。

アキトは、なるようになれと目を閉じた。

そして始まる、体の洗浄という名のスキンシップ。

リーンは、アキトの頭の上を覆うようにへばりついた。そして髪の毛の間に入り、脂ぎった頭皮へ石鹸を付ける。それが終わると水で洗い流し、その後は、頭皮を指圧するように、体を収縮させ続ける。

まるで無数の手が頭をマッサージしているかのような感覚。

アキトは思わず声を漏らす。

「リーン……それ、すごく気持ちいい……」

「本当ですか！　ありがとうございます！」

「む？　これは負けてられません！　私も頑張らなくては」

それで火が付いたのか、アカネがアキトの足への指圧をより一層強める。

その指は次第に、アキトの内股へと移っていった。

「アカネ、待った！　気持ちいいけど、そこから上は！」

「あら。ですがアキト様。この部分、とても張っているようですよ？　しっかりと揉んだ方が良いと思うのですが？」

「良いって！　大丈夫だから！」

「……とても苦しそう。今、楽にして差し上げますから……」

アカネはアキトの耳元でそう囁いた。その甘美な声に、アキトは欲望を解放したい衝動に駆られる。

アキトは次の瞬間、情けのない声をあげた。

「っ！」

自分の敏感な部分を突如として触られたアキト。気持ちいい、ではなく痛いという感覚。

アキトは気を失うまではいかなくても、放心状態となった。

何者かがアキトのその部分に、乱暴な手つきで布をこすりつけていた。

「姉様！　なんと乱暴な！」

その乱暴な手つきを見て、アカネはシスイを諫める。

「何を言うか、アカネ！　こういうところはしっかり流さねば、いんきんたむしになってしまうのだぞ！」

「いんきんたむしって姉様……せっかくの風情が……」

アカネは気を落としたように、そう言った。

半ば放心状態のアキトの体を水で洗い流す、アカネとシスイ。そのまま両肩を二人で支える形で、浴槽へと向かった。

浴槽の中心には、これまたベンケーの作った立派な女神像が置いてあった。女神像の持つ杯から、水が流れ出ている。

促されるままに、浴槽へ浸かるアキト。

シスイ、アカネも隣に浸かると、その体の露出が減ったので、アキトは少し落ち着きを取り戻した。

「まあ、そのなんだ……ありがとう。気持ちよかったし、さっぱりしたよ」

「何の。某で良ければ、毎日アキト殿の体を洗いましょう！」

「姉様は、次は揉む方にして下さい。今度は私が洗いますから」

シスイとアカネの言葉に、俺はゆっくり風呂に入りたいだけなんだよな、とアキトは心の中で呟く。

「そういえば、リーンは……ん？　水じゃなくてお湯だ」

「ああ、それはですね旦那様。って参られたみたいですよ」

「え？」

アキトはアカネの向いた方向へ、目を移す。

そこには裸のフィンデリア。アキト達の元へ向かってくるようだ。

アカネとシスイ以上に、大きな胸。長いブロンドの髪は水が滴り、つやつやとしている。

「フィンデリア?!」

アキトは思わず両手で目を覆った。

「フィンデリア様に、駄目もとで水を温められないか聞いてみたんです。そしたら、すぐに頷いてくれて」

フィンデリアはいつものしたり顔でアキトを見る。

「能力の使い方、間違ってるでしょ……いや、お湯は嬉しいけどさ」

「あ、ありがとう。フィンデリア」

その言葉に、喜ぶフィンデリアは体をアキトへ密着させると、頬を肩に摺り寄せた。

「フィンデリア！　何を？」

「ああ！　ずるいです、フィンデリア様！」

アカネもそう言って、アキトへ同じように体を近づける。

「……旦那様。お慕いしております」

「お、お慕い？」

あまり聞いたことのないお慕いの意味を、アキトは思い出す。するとアキトの顔は、酒が回ったかのように真っ赤になった。

「俺だって、皆のこと慕っているぞ！」

アキトは震え声でそう誤魔化した。

「というか、リーンはどこいった？　さっきまで一緒に……うん？」

アキトは言葉の途中で、自分の股の間から泡が上がってくることに気が付く。

その泡が出てきた水面から、人が飛び出してきた。

アキトはその女性を見て、思わず声を上げた。

「え、エルゼ?!」

軍師学校で、アキトを馬鹿にしていたエルゼ。学長の娘ということもあり、中々口答えのできなかった相手だ。

それが、今アキトの前で目を輝かせている。

「アキト様……今まで、生意気な事を言ってごめんなさい。かっこよくて、頭のいいアキト様の言うこと、この馬鹿なエルゼが何でも聞くので、どうかお許しください」

端正な顔と、寄せた胸が視界にちらつく。

リーンがエルゼに化けている。頭ではそう理解するのだったが……。

アキトは、糸がぷっつりと切れたように浴槽へ顔を沈めていくのであった。

大浴場を出るアキトに、セプティムスが上機嫌に声を掛けた。

「アキト殿、湯加減はいかが……でした?」

振り向いたアキトの顔は真っ赤だった。

「あ、ああ、湯加減は良かったよ。だけど、セプティムス。今度はお前と一緒に入らせてくれ……」

「え？　私はそういう趣味は……」

「違う！　ベンケーも一緒だ！　これは命令だからな」

「か、かしこまりました！」

セプティムスは若干困惑気味に、そう答えるのであった。

このアルス最初の大浴場は、この後も更に拡大され、アルスの発展と共に更に豪華絢爛なものとなった。

帝国では珍しい様々な風呂。広間で供される飲料と食事。

後にアルスが名湯の地として有名になるのは、この大浴場のおかげでもあったのである。

閑話三　スーレとアキトの誓い

「アキト！　こっちにリンゴがあるよ！」

長い銀髪を揺らしながら走る少女。彼女こそが、アルシュタート大公スーレであった。背中には、木製のかごを背負っている。

「ま、待ってくれ、スーレ」

アキトとスーレは、アルスの隣、四ノ島の森林を詳しく調査していた。この四ノ島には木々が生い茂り、木材や果実を取る島となっていたのだ。

スーレは早速、リンゴを木の枝でつつき落としている。

「スーレ。君は、採集が上手なんだね。しかも、森の中を歩き慣れている」

「うん。わたし、アルシュタットに居る頃は、食糧集めるのを手伝ってたからね」

「通りで……」

「あっ。あっちには梨が！」

そんなこんなで、アキトとスーレのかごが果物で一杯になる。

「いっぱい集まったね、アキト！」

「ああ。しかも、色々な種類があるぞ」

——今回はただ調査に来ただけなんだけどな。

だが、以前にも食糧集めに参加していたということは、これはもうスーレの癖のようなものなんだろうと、アキトは感心する。

「どうせだから、どっかで休憩しながら食べようか？」

「うん、賛成！」

少し歩くとアキト達は、陽の差し込む場所を見つける。

そこに足を踏み入れると、二人は思わず目の前に景色に見とれてしまった。

「わあ、すごい！」

アキト達の前に現れた光景。それは一面色取り取りの花畑であった。なだらかな丘に咲く花と、その向こうに見える白い砂浜と青い海。

アルス本島からでは見えなかった場所だ。

スーレは嬉しそうに花畑の間を駆けていく。アキトも、それに続いた。

「アキト、あそこの岩の上に座ろうよ」

「うん、そうしようか」

「こんな綺麗なところがあったんだね」

「ハナや採集に来てる人は、もう知ってたかもな。本当に、絶景だ」

そんな時、スーレの腹の音が、ぐうっと鳴る。

スーレは、恥ずかしそうに顔を赤らめる。

「お腹空いたね。そろそろ食べようか」

「う、うん。アキトは何食べる？」

「俺は、リンゴでいいかな」

「じゃあ、わたしもリンゴにしよ」

二人は「いただきます」と言って、リンゴをかじるのであった。

「おいしいな。これも回復効果があるアルスの水のおかげなのかな」

スーレはそれを見て、くすっと笑った。

「うん？　何か顔についてる？」

「ごめん。アキトっていつも難しいこと言うんだって思ってさ」

「ははは。軍師学校にいる頃にも、同じことを言われたな」

アキトは笑って、軍師学校でアリティアに同じようなことを言われたのを思い出す。

それを見て、スーレは少し寂しそうな顔で口を開いた。

「……そうなんだ。学校は楽しかったんだね。……アキトは、またその学校に戻りたい？」

「戻りたくない、って言えば嘘になるかな」

「そう……そうだよね」

自分達アルシュタットの人々を助け、この島まで導いたアキト。

スーレはそんなアキトがいつかどこかに行ってしまうのではないかと、不安に思っていた。周りにいた人達は、自分を置いて、いつも遠いどこかへ行ってしまう。だから、アキトには、ずっと一緒にいてほしい。でも、いつかは戻ってしまうのだろうと。

潮風が、花々をふわりと揺らした。

「……でも、俺はもう戻らない。俺には、君の軍師という立派な役目が出来たからね」

スーレは思ってもいなかった返事に、胸が熱くなる。

「でも、学校のお友達は」

「離れていたって、友達は友達だ。それに、君や師駒達と過ごすここでの日々は、とても楽しいよ」

アキトは笑みを浮かべて、こう続ける。

「もちろん、大変なことも多いけどね」

悲しいこともある。そしてそれは今後も、増えていくだろうとも。

それでも、アキトはスーレの軍師になったことを後悔していなかった。

アキトは「そういえば」と、腰から提げていた麻袋を開き、白い花があしらわれた花冠を取り出した。

「これはハナが作ってくれたんだ。何でも、枯れないアルスの白い花で作られているらしい」

「へえ。とっても可愛いね」

「ああ。だから、スーレにぴったりだと思ってさ」

スーレはアキトの言葉に、思わず顔を赤くする。

「な、何で？　フィンデリアさんとかの方が、似合うんじゃない？　わたしに冠なんて、まだ早いよ」

「早くなんかない。君は、もう立派な君主。領地が小さかろうが、君が小さかろうが、まだ未熟な俺が仕える主君だ」

「で、でも」

「スーレ。これは俺の誓いでもあるんだ。どんな時も、軍師の俺が君を守るという」

スーレはアキトの言葉を聞いて、少し沈黙した後、何かを決意したように口を開いた。

「……分かった。これからも、わたしとアルスの皆を守って、アキト」

アキトは深く頷くと、スーレの頭に花冠をゆっくりと載せた。

「約束するよ、スーレ」

「うん、よろしくね、アキト！」

花冠を被ったスーレは、いつもの笑顔で答える。

まだ幼い少女と、未熟な少年の誓いの日であった。

あとがき

皆様初めまして、苗原一と申します。「小説家になろう」で読んでくださっている方は、どうもお世話になっております。本作をご購入いただき、ありがとうございました！「小説家になろう」は、いまや登録者百万人を超える大規模コミュニティ。結果、本作も何かの間違いか実にたくさんの方に読んでいただき、書籍化の運びとなりました！当初は頑張って日間ランキング入りを目指すぞ！ぐらいにしか思っておりませんでしたが……初めてのランキング入りで日間二位、週間三位と本作は大躍進を遂げました。

これも読んでいただいた方、応援して下さった方のおかげです、ありがとうございます！

また、拙作を出版して頂いた三交社様、初めての出版で右も左も分からない中親切に教えてくださった編集さん、素敵で可愛い絵を描いてくださったうみのみず先生に、この場をお借りして感謝申し上げます。

気付かれた方は多いかもしれませんが、本作は大いに歴史的な出来事から影響を受けております。

物語としては主人公とその部下である師駒の戦記になるのですが、一国の建国神話のような見方をしていただいても、楽しんでいただけるかなと思います。私が元々歴史小説が好きだったこともありますが、皆様に気軽に読んでいただけるファンタジーとなっていましたら幸いです。

うみのみず先生のキャラデザと挿絵のおかげで、自分の頭の中の登場人物達がより一層活き活きとしてきて、話の中で勝手に動き出しそうになることが最近多くなりました。

愛着がわき、魂を吹き込まれた登場人物に頭を悩まされることもありますが、著者としてはこの上なく嬉しく、贅沢な悩みです。

最後になりますが、本作を読んでくださった方、出版にあたりご尽力いただきました編集さん、うみのみず先生、関係者の方々に改めて御礼申し上げます。

本作は今後も完結を目指し頑張って参ります。今後ともお付き合い下さいますよう、お願い申し上げます。

UG novels UG015

敵前逃亡から始まる国造り
～F級軍師と最強の駒～

2019年4月15日　第一刷発行

著　　者　苗原一
イラスト　うみのみず
発 行 人　東 由士
発　　行　株式会社英和出版社
〒110-0015　東京都台東区東上野3-15-12 野本ビル6F
営業部:03-3833-8777　編集部:03-3833-8780
http://www.eiwa-inc.com
発　　売　株式会社三交社
〒110-0016
東京都台東区台東4-20-9　大仙柴田ビル2F
TEL：03-5826-4424／FAX：03-5826-4425
http://www.sanko-sha.com/　http://ugnovels.jp
印　　刷　中央精版印刷株式会社
装　　丁　金澤浩二(cmD)
D　T　P　荒好見(cmD)

ISBN 978-4-8155-6015-7　

苗原一先生・うみのみず先生へのファンレターはこちらへ

あて先
〒110-0015
東京都台東区東上野3-15-12
野本ビル6F
(株)英和出版社
UGnovels編集部

本書は小説投稿サイト『小説家になろう』(https://syosetu.com/)に投稿された作品を大幅に加筆·修正の上、書籍化したものです。
『小説家になろう』は『株式会社ヒナプロジェクト』の登録商標です。

ハナ
マンドラゴラ。E級のポーン。植物の成長促進などの能力を持つ。恥ずかしがり屋。
アキト
主人公。F級軍師。帝国の軍師学校に通っていたが、モンスターを師駒にしたため、退学させられた。
フィンデリア
謎の多い存在。ランクは不明だがS級以上。人智を越えた能力を持ち、海さえも自在に操る
セプティムス
伝説の第十七軍団(セプテンデキム)の百人隊長。D級のポーン。部下は全てE級のポーン。
リーン
スライム。F級のポーン。アキトの最初の師駒。師駒石によって強化され、人語を解し、変身も可能。

敵前逃亡から始まる国造り
～F級軍師と最強の駒～
苗原 一
Hajime Naehara
[イラスト]
うみのみず
Illustration Uminomizu
UG novels

この部分、とても張っているようですよ？
……とても苦しそう。
今、楽にして差し上げますから……

ベンケー
ゴーレム。D級のルーク。石工術に長けており、建設全般を担う。巨体に似合わず手先が器用。
スーレ
若きアルシュタート大公。祖父の死(行方不明)により、若くして大公となった。
アカネ
シスイの妹。C級のナイト。姉同様武芸に通じる。姉の暴走を止めることも多く、冷静な性格。
シスイ
ヤシマの侍。C級のナイト。武芸全般に秀でる。侍としてのプライドが高く、好戦的で手加減できない性格。